Três novelas femininas

Stefan Zweig na Zahar
Coordenação: Alberto Dines

Autobiografia: o mundo de ontem
Memórias de um europeu

A cura pelo espírito
Em perfis de Franz Mesmer, Mary Baker Eddy e Sigmund Freud

Joseph Fouché
Retrato de um homem político

Maria Antonieta
Retrato de uma mulher comum

O mundo insone
E outros ensaios

Novelas insólitas
Segredo ardente | Confusão de sentimentos | A coleção invisível
Júpiter | Foi ele? | Xadrez, uma novela

Três novelas femininas
Medo | Carta de uma desconhecida | 24 horas na vida de uma mulher

Alberto Dines foi presidente da Casa Stefan Zweig, inaugurada em 2012 em Petrópolis com o propósito de homenagear e preservar a memória do escritor austríaco. www.casastefanzweig.org

Stefan Zweig

Três novelas femininas

Medo, Carta de uma desconhecida,
24 horas na vida de uma mulher

Tradução:
Adriana Lisboa
Raquel Abi-Sâmara

Organização e textos adicionais:
Alberto Dines

1ª *reimpressão*

Copyright da tradução © 2014 by Adriana Lisboa e Raquel Abi-Sâmara

Grafia atualizada segundo o Acordo Ortográfico da Língua Portuguesa de 1990, que entrou em vigor no Brasil em 2009.

Título original
Angst; Brief einer Unbekannten; 24 Stunden im Leben einer Frau

Capa
Claudia Warrak
Raul Loureiro

Imagem da capa
© Gustav Klimt (1862-1918), *Retrato de uma jovem mulher*, 1896-97.
Coleção particular / The Bridgeman Art Library

Preparação
Laís Kalka

Revisão
Carolina Sampaio
Eduardo C. Monteiro

CIP-Brasil. Catalogação na publicação
Sindicato Nacional dos Editores de Livros, RJ

Z96t   Zweig, Stefan, 1881-1942
    Três novelas femininas: Medo, Carta de uma desconhecida e 24 horas na vida de uma mulher / Stefan Zweig; organização Alberto Dines; tradução Adriana Lisboa, Raquel Abi-Sâmara. – 1ª ed. – Rio de Janeiro: Zahar, 2014.
        (Stefan Zweig na Zahar)

    Tradução de: Angst; Brief einer Unbekannten; 24 Stunden im Leben einer Frau.
    ISBN 978-85-378-1266-2

    1. Novela alemã. I. Dines, Alberto. II. Lisboa, Adriana. III. Abi-Sâmara, Raquel. IV. Título. V. Série.

14-11314
CDD: 833
CDU: 821.112.2-3

[2021]
Todos os direitos desta edição reservados à
EDITORA SCHWARCZ S.A.
Praça Floriano, 19, sala 3001 – Cinelândia
20031-050 – Rio de Janeiro – RJ
Telefone: (21) 3993-7510
www.companhiadasletras.com.br
www.blogdacompanhia.com.br
facebook.com/editorazahar
instagram.com/editorazahar
twitter.com/editorazahar

Sumário

Prólogo
Novela como distração, a mulher como obsessão, por Alberto Dines   7

Medo   11

Carta de uma desconhecida   71

24 horas na vida de uma mulher   113

Créditos dos textos   173

Prólogo
Novela como distração, a mulher como obsessão

Alberto Dines

Começou poeta, passou às novelas, tentou o teatro, perfis biográficos, ensaios – sempre elogiado, invariavelmente insatisfeito. Exigente, irrequieto, fértil e criativo, Stefan Zweig podia dar-se ao luxo de experimentar, trocar de gênero, exercitar-se, atormentar-se e deixar de lado. Caso do cinema, pelo qual foi fascinado.

A primeira seleção de poemas, *Silberne Seiten* (Cordas prateadas, 1901), jamais foi reeditada. As novelas reunidas na coletânea *Die Liebe der Erika Ewald* (Os amores de Erika Ewald, 1904), tuteladas por uma protagonista feminina, não o desagradaram, mas não o empolgaram. Com o drama em versos *Thersites*, inspirado na *Odisseia*, deixou-se embalar pelas ressonâncias clássicas, seu primeiro herói anti-herói. Teatro é complicado, exige encenação, atores, não existe no papel.

Faltava-lhe algo: teor, pulsação. Ao aventurar-se pelo terreno da tradução poética, "para treinar a mão", cruzou com Baudelaire, Rimbaud, Verlaine, esbarrou no belga Émile Verhaeren e logo o converteu em amigo-mestre graças à vitalidade rústica que irradiava. Romain Rolland injetou em suas veias o elixir do idealismo e junto com esta vibração veio um estranho ímpeto para produzir emoções, tensões e rupturas.

O hábito de envolver-se simultaneamente em projetos diferentes (iniciado quando ainda preparava a tese de doutoramento) fornecia o movimento, a trepidação criativa e as catarses para compensar a demorada imersão em temas mais densos.

Os enredos que os olhos irrequietos e a alma desassossegada captavam ao redor, assim como a facilidade que encontrou para formatá-las como novelas – quase sempre apoiado em narradores e flashbacks –, permitiu que acumulasse um razoável estoque de histórias, algumas delas consideradas obras-primas, a grande maioria convertida em estrondosos sucessos comerciais.

Um balanço da produção literária de Zweig amparado no rico acervo documental hoje disponível e as percepções acumuladas ao longo de quase oito décadas de sucessivos *revivals* permitem constatar que a "distração" a que se permitia foi responsável por obras menos transcendentais e, paradoxalmente, mais intensas.

A ficção curta que preferia designar como *Erzählungen*, narrativas, ou *Geschichte*, histórias, assim como os ensaios jornalísticos na imprensa diária, mobilizaram mais leitores do que suas mais celebradas biografias (*Maria Antonieta, Maria Stuart, Fouché, Fernão de Magalhães*).

Freud sempre reconheceu que o amigo era um mestre na arte de compreender os outros (referia-se às biografias), porém preferia o Zweig "criativo". Tal como Friderike, que anos antes suplicara ao marido: "Deixe as biografias, eu me sentiria mais feliz se você se concentrasse nos próprios trabalhos em vez de escrever *sobre*..."*

O "segredo" na escolha de enredos foi desvendado por ele mesmo quando em 1931, no auge da fama, convidado para criar o libreto para uma ópera-bufa a ser musicada por Richard Strauss, escreveu ao compositor: "Gosto somente de histórias e novelas com suficiente impacto visual para serem adaptadas para o cinema."**

Foi um cinéfilo no exato momento em que os filmes ganhavam status de sétima arte e ele se tornava requisitado pelos cineastas. Com os mesmos ingredientes: a intensidade dos enredos, o desespero diante de situações-limite, o amor como tormento.

Não existem muitas hipóteses para explicar a preferência de Zweig por figuras femininas além da mais óbvia: a presença forte e afirmativa da

---

* Cartas respectivamente de Freud para Zweig agradecendo o envio do tríptico *Três poetas de suas vidas*, 1º de maio de 1928, e de Friderike para Stefan, 24 de outubro de 1920.
** Carta para Richard Strauss, 3 de novembro de 1931.

mãe, a italiana Ida Brettauer (em contraste com o pai, o centro-europeu Moritz Zweig, manso e operoso). O reforço veio através da parceria com outra figura poderosa: a primeira mulher, Friderike Zweig, com quem conviveu durante 25 anos, os mais fecundos da sua vida.

A predominância feminina, aparentemente intuitiva, ganhou contornos de estratégia quando, logo depois da carta a Strauss, converteu o subtítulo original da biografia de Maria Antonieta, "Retrato de um personagem comum", em "Retrato de uma mulher comum". Àquela altura Zweig já era considerado um "escritor para mulheres" pelos pares que invejavam o seu êxito, pelos críticos preconceituosos que consideravam o êxito um dado negativo e pelo público feminino, secundário.

Giram em torno de mulheres as novelas *Segredo ardente, A mulher e a paisagem, Leporella, Os amores de Erika Ewald, A governanta, Primavera no Prater, Prodígios da vida, Casamento em Lyon* e *Viagem ao passado*, as lendas *As irmãs iguais-desiguais* e *Raquel enfrenta Deus*, assim como os romances *Coração inquieto, Clarissa* (fragmento) e *Êxtase da transformação*, estes póstumos.*

Na presente coletânea, uma heroína indefesa é chantageada, uma figura central é anônima e, num habilidoso jogo de espelhos, uma pivô é duplicada como narradora e protagonista. Admiráveis e detestáveis, perversas e sublimes, se recortadas poderiam compor uma enciclopédia sobre a condição feminina não muito diferente da tipologia espiritual que pretendia montar com os seus ciclos de biografias. Ou talvez servissem como uma colagem de fragmentos para uma réplica de *Madame Bovary* que nunca perdeu de vista.

O formato de tríptico, tão zweiguiano, aqui é casual, maneira de recordar uma de suas preferências e introduzir três "mulheres inesquecíveis", não por coincidência as mais adaptadas para as telas e monitores de TV.**

---

* Títulos utilizados nas primeiras edições em português; *Clarissa* e *Viagem no passado* são inéditos no Brasil.
** É curiosa a incidência da configuração triangular ou do número três em títulos de Zweig: *Três mestres: Balzac, Dickens e Dostoiévski, Três poetas de suas vidas: Casanova, Stendhal, Tolstói, A luta com o demônio: Hölderlin, Kleist, Nietzsche, A cura pelo espírito: Mesmer, Mary Baker-Eddy, Freud* e *Três paixões* (póstumo).

Medo

AO DESCER AS ESCADAS do apartamento de seu amante, Irene foi tomada novamente por aquele medo insensato. Tudo escureceu de súbito, girando e zumbindo diante de seus olhos, os joelhos congelados em terrível rigidez, e ela precisou agarrar-se rapidamente ao corrimão, para não cair de cabeça. Não era a primeira vez que ousava a perigosa visita, esse calafrio repentino não lhe era absolutamente estranho; esses ataques de medo sem fundamento, de um medo absurdo e ridículo sempre a acometiam toda vez que voltava para casa, apesar de toda sua resistência interna. O caminho para o *rendez-vous* era muito mais fácil. Ela mandava o carro parar na esquina, corria depressa e sem olhar para os lados os poucos passos que faltavam até o portão da casa e então subia depressa os degraus, sabendo que ele já estava à espera atrás da porta, aberta rapidamente, e esse primeiro medo, em que ardia também impaciência, derretia-se no calor de um abraço. Mas depois, quando ela queria voltar para casa, subia-lhe, tremendo, esse outro pavor misterioso, agora misturado de forma confusa com uma torrente de culpa e uma tola loucura de que cada olhar na rua pudesse ler nela de onde estava vindo e respondesse à sua perturbação com um sorriso atrevido. Os últimos minutos ainda ao seu lado estavam já envenenados com a inquietação crescente desse pressentimento. Ao querer sair, suas mãos tremiam de nervosismo e pressa, as palavras dele eram entendidas de modo difuso, e ela resistia às demoras de sua paixão. Em frente: tudo nela queria somente seguir adiante, sair daquela morada, daquela casa, da aventura, e ir de volta para o seu mundo calmo e burguês. Ela mal se atrevia a mirar o espelho, com pavor da desconfiança no próprio olhar, mas era preciso conferir se nada em sua roupa revelaria, pela desordem e desalinho, a paixão daquelas horas. Vinham então aquelas últimas palavras, inutilmente alentadoras, que mal ouvia de tanta excitação, e aqueles tensos segundos de escuta detrás da porta que os abrigava, se ninguém estaria subindo ou descendo a escada. Lá fora, no entanto, já estava o medo, impaciente para pegá-la, freando-lhe tão imperiosamente os batimentos que ela sempre descia os poucos degraus sem ar, até sentir falhar-lhe a força que conseguira reunir nervosamente.

Manteve-se de pé por um minuto, de olhos fechados, e inspirou com avidez o frescor do entardecer na escada. E então fechou-se uma porta no andar de cima. Assustada, recompôs-se e se apressou, enquanto as mãos involuntariamente amarravam ainda mais firme o véu espesso. Ameaçava-a agora aquele último momento mais terrível, o horror de pisar a rua ao sair à porta da casa alheia e ser abordada por um conhecido qualquer que estivesse porventura passando, com uma pergunta angustiante, de onde estaria ela vindo, o que lhe faria entrar em terrível perturbação e no perigo de uma mentira: ela abaixou a cabeça, como um atleta em seu *sprint* final antes do salto, e em resolução abrupta precipitou-se em direção ao portão semiaberto.

Deu um encontrão numa mulher que aparentemente só queria entrar.

– Perdão – disse, constrangida, e esforçou-se para passar depressa por ela. Mas a mulher bloqueou a porta e encarou-a, irada e ao mesmo tempo com uma ironia indisfarçável.

– Ainda a pego em flagrante – gritou sem o menor acanhamento, com voz rude. – Claro, uma senhora decente, assim se diz! Não basta um marido, o tanto de dinheiro que tem e tudo o mais, ainda tem que tirar o namorado de uma pobre garota...

– Pelo amor de Deus... o que será que a senhora... a senhora está enganada... – gaguejou Irene, e fez uma tentativa desajeitada de passar, mas a mulher tapou fartamente a porta com seu corpo compacto, e berrou-lhe bem alto:

– Não, eu não estou enganada... eu conheço a senhora... A senhora vem do Eduard, meu namorado... Agora por fim eu a peguei, agora eu sei por que ele anda tendo tão pouco tempo para mim ultimamente... Por causa da senhora então... sua ordinária...!

– Pelo amor de Deus – interrompeu Irene com voz quase inaudível –, a senhora por favor não grite assim. – E involuntariamente voltou para o corredor. A mulher olhou-a com escárnio. O tremor do medo e o aparente desamparo de Irene pareciam diverti-la, pois, com um sorriso propositalmente irônico e zombeteiro, começou a inspecionar a sua vítima. Essa satisfação tornou sua voz mais calma e quase arrastada.

— Então é assim que elas andam, essas senhoras casadas, as nobres e distintas senhoras, quando vão roubar os homens de alguém. Disfarçadas com véus, claro, disfarçadas, para depois representarem por aí o papel de mulheres decentes...

— O que... o que a senhora quer de mim?... Eu nem a conheço... Tenho que ir...

— Tem que ir... sim, claro... tem que ir para o sr. marido... para o seu quarto quentinho, fingir que é uma dama fina e se deixar despir pelas criadas... Mas o que acontece aqui com a gente, se a gente está morrendo de fome, isso nunca vai importar a uma dama distinta... E ainda vêm nos roubar, essas decentes senhoras, a única coisa que nos resta...

Irene aprumou-se e, obedecendo a uma vaga inspiração, alcançou sua carteira e pegou as notas que conseguiu juntar.

— Aqui... tome aqui... mas deixe-me agora... Nunca mais vou voltar... eu juro à senhora.

Com um olhar cáustico, a mulher pegou o dinheiro e murmurou:

— Vadia.

Irene sobressaltou-se com a palavra, mas viu que a outra liberou a porta e precipitou-se para a rua como uma suicida que se atira do alto de uma torre, oprimida e sem ar. Correu, com muito custo, a visão escurecida, e os rostos por ela passavam deslizando caretas desfiguradas, até que chegou a um automóvel parado na esquina. Jogou seu corpo como uma massa no estofado, e nela tudo tornou-se rígido e sem movimento. Quando o chofer admirado com a esquisita passageira afinal perguntou para onde iria, ela fixou-o com um olhar totalmente vazio, até que seu cérebro, atordoado, por fim funcionou.

— Para a estação ferroviária sul — falou atrapalhada, e de repente, ocorrendo-lhe que a mulher pudesse segui-la —, rápido, rápido, dirija rápido!

Só no caminho é que percebeu o quanto aquele encontro a abalara. As mãos, que pendiam congeladas ao longo do corpo como coisas mortas, se apalparam, e de súbito começou a tremer a ponto de sacudir-se. Um gosto amargo subiu-lhe pela garganta, sentiu náuseas, mas ao mesmo tempo uma ira cega, insensata, que queria revirar o seu peito do avesso feito um espasmo. Ela queria mesmo era gritar ou dar murros para libertar-se do horror da lembrança cravada em seu cérebro feito um anzol, do rosto rude com o sorriso sardônico, do bafo de vulgaridade que vinha no mau hálito da proletária, da boca grosseira e cheia de ódio que lhe cuspira na face palavras vulgares, e do punho vermelho, erguido, que a ameaçara. A ânsia de vômito chegava agora à garganta, e, para piorar, o carro em movimento rápido a jogava de um lado para outro; ela já estava a ponto de dizer ao chofer para diminuir a marcha quando se lembrou, ainda a tempo, de que talvez não tivesse dinheiro suficiente para a corrida, já que dera todas as notas à chantagista. Fez um sinal rápido para que o motorista parasse e saltou bruscamente, causando-lhe novo espanto. Por sorte, o dinheiro que restara era bastante. Sentiu-se então como que arremessada num bairro estranho, no meio de muitas pessoas em atividade, que a feriam fisicamente com cada palavra, com cada olhar. Seus joelhos estavam ainda meio amolecidos pelo medo e resistiam a levar seus passos para a frente, mas ela tinha de voltar para casa, e buscando aprumar-se avançou de rua em rua com um esforço sobre-humano, como se chapinhasse num pântano ou em espessa camada de neve. Enfim, chegou em casa e precipitou-se escadas acima, nervosa, mas logo controlou-se para que sua agitação não chamasse atenção.

 Agora que a criada lhe tirava o casaco, que ouvia o filhinho brincando no quarto ao lado com a irmã mais nova e que seu olhar já mais tranquilo via os objetos familiares ao seu redor, seus pertences, seu abrigo, Irene reconquistava uma aparência de calma, de domínio da situação, enquanto as ondas subterrâneas da emoção batiam ainda dolorosamente no peito aflito. Tirou o véu, alisou o rosto, desejando fortemente parecer bem, e entrou na sala de jantar, onde seu marido, sentado à mesa posta, lia o jornal.

 – Atrasada, atrasada, querida Irene – saudou-a com doce reprovação, levantou-se e beijou-lhe o rosto, o que lhe causou uma embaraçosa sensação de vergonha. Sentaram-se à mesa, e, indiferente, ainda atento ao jornal, perguntou:

– Onde você esteve por tanto tempo?

– Estava... estava na... na casa de Amélie... ela precisou dar uma saída... e eu fui junto – acrescentou Irene, já irritada consigo pelo modo impensado, por ter mentido tão mal. Sempre prevenia-se com uma mentira cuidadosamente bem-arquitetada, à prova de todas as possibilidades de verificação, mas hoje o medo fez com que ela se esquecesse disso e obrigou-a a esse inábil improviso. E se o marido resolvesse telefonar para informar-se, como na peça de teatro que haviam visto há pouco tempo?

– O que se passa com você?... Parece tão nervosa... e por que não tira o chapéu? – perguntou o marido. Ela estremeceu ao perceber mais uma vez seu desconcerto, levantou-se apressada, foi ao quarto, tirou o chapéu e fitou seus olhos inquietos no espelho até sentir seu olhar de novo estável e seguro. Então voltou à sala de jantar.

A ajudante serviu o jantar, e foi uma noite como todas as outras, talvez um pouco mais silenciosa e menos animada que o habitual, uma noite em que as conversas foram esparsas, pobres, por vezes titubeantes. Seu pensamento voltava incessantemente aos acontecimentos, e a assustava ao chegar àquele minuto, à presença pavorosa da sinistra mulher: nesse momento, para sentir-se protegida, ela soerguia o olhar e com ele alcançava ternamente os objetos familiares que a rodeavam; cada um trazia uma lembrança ou um significado especial, e assim conseguia acalmar-se um pouco. E o relógio na parede com seu lento ritmo de aço atravessava o silêncio, devolvendo ao seu coração um pouco de sua cadência regular, segura, tranquila.

No DIA SEGUINTE, após o marido sair para o escritório, na hora do passeio das crianças, ao ver-se finalmente a sós, à luz da manhã clara e reflexiva, aquele encontro medonho perdeu muito de seu tom angustiante. Irene recordou que seu véu muito espesso teria tornado impossível àquela mulher distinguir-lhe suas feições ou mesmo reconhecê-la. Com calma, avaliou então todas as medidas de prevenção. Não voltaria de modo algum a procurar o amante em seu apartamento – e assim afastaria a mais remota possibilidade de outra agressão como aquela. Restava apenas o risco de um encontro fortuito com aquela mulher, o que também era improvável, pois fugira no automóvel e não podia ter sido seguida. Ela não sabia seu nome ou endereço, e não havia motivo para temer que fosse de fato reconhecida se suas feições estavam tão indefinidas. E mesmo no caso mais extremo de um reconhecimento, Irene estava pronta. Então, não estando mais sob a pressão do medo, manteria a calma, como acabara de decidir, negaria tudo, afirmaria com frieza tratar-se de um engano, e como dificilmente poderiam ser apresentadas provas da visita a não ser no próprio local, ela simplesmente acusaria aquela mulher de chantagista. E Irene, na condição de esposa de um dos mais eminentes defensores públicos da capital, sabia bem, por meio das conversas do marido com os colegas, que as chantagens só podem ser extintas de forma imediata com total sangue-frio, pois qualquer hesitação, qualquer aparência de inquietude por parte da vítima só contribui para intensificar a superioridade de seu adversário.

A primeira medida foi uma pequena carta ao amante para informar que não poderia ir ao encontro marcado para o dia seguinte, e nem nos dias subsequentes. Ao reler o bilhete, com sua letra pela primeira vez disfarçada, pareceu-lhe frio, e até quis substituir palavras ásperas por outras mais intimistas, mas a memória do dia anterior despertou-lhe de súbito um rancor ativo, subterrâneo, que lhe justificava a frieza daquelas linhas. Ferira-lhe o orgulho a descoberta constrangedora de haver caído nas graças do amante para substituir uma mulher tão inconveniente, de nível tão baixo. Em seu rancor, avaliando com ódio suas palavras, contentava-lhe a frieza do estilo, o que de certo modo imprimia às suas visitas um cariz de benevolência.

Conhecera esse jovem, um pianista de renome, se bem que ainda em círculo restrito, numa reunião ocasional, e logo tornou-se sua amante, sem exatamente optar por isso e quase sem saber o motivo. Não era bem o seu sangue que desejava o dele, não era nada de sensualidade ou de afinidade intelectual que a unira ao seu corpo: ela entregara-se a ele sem necessidade, sem desejá-lo fortemente, por uma espécie de preguiça de resistir ao desejo dele e por uma certa curiosidade inquietante. Nada nela, nem o seu sangue plenamente saciado pela felicidade conjugal, nem o sentimento tão comum nas mulheres de que os seus interesses intelectuais estivessem se atrofiando, a impulsionava a ter um amante; ela era realizada ao lado de seu esposo rico e intelectualmente superior a ela, ao lado dos dois filhos, lânguida e confortavelmente acomodada em sua existência aconchegante, amplamente burguesa, morna e nada intempestiva. Mas há uma frouxidão na atmosfera que tem o mesmo efeito de um calor abafado ou de uma tempestade, uma certa temperança de felicidade que é mais enervante que a desgraça, e para muitas mulheres, em razão da ausência de desejos, tão fatídica quanto uma insatisfação duradoura resultante da falta de esperanças. A saciedade não irrita menos que a fome, e a segurança e a ausência de riscos em sua vida despertavam em Irene a curiosidade por uma aventura. Não havia obstáculos em parte alguma de sua existência. Tudo o que tocava era suave, à sua volta somente zelos, carinho, amor tépido e cuidados domésticos, e, sem imaginar que essa moderação da existência jamais é determinada por fatores externos, mas sempre e apenas o reflexo de uma falta interior de liames, ela sentia de algum modo que esse seu bem-estar a afastava da vida real.

Os sonhos de um grande amor e de sentimentos arrebatadores que a acompanharam no alvorecer de sua mocidade, adormecidos pelo amigável sossego dos primeiros anos de casada e pelo divertido encanto da maternidade, voltavam a despertar agora, ao aproximar-se dos trinta anos. E, assim como toda mulher, acreditava-se capaz de uma grande paixão, sem no entanto agregar ao desejo da experiência a coragem, que paga a aventura com seu verdadeiro preço, o perigo. Nesses momentos de satisfação que ela própria não era capaz de tornar maior, quando se aproximou dela esse jovem, com forte e indisfarçável desejo, quando ele, com a misteriosa e romântica aura de artista, pisou em seu mundo burguês, onde os homens costumavam incensá-la respeitosamente como a "bela dama" que era apenas com gracejos insossos e leves coqueterias sem de fato desejá-la como mulher, Irene, pela primeira vez desde sua mocidade, sentiu-se fortemente excitada. Nada a atraía nele, a não ser uma sombra de melancolia pairando sobre seu rosto um pouco interessante demais naquele arranjo regular. Um semblante que ela não sabia diferenciar se tinha sido também aprendido, como a técnica de sua arte, e aquela postura reflexiva e obscurecida de melancolia, de onde ele erguia um (muito estudado) *impromptu*. Nessa melancolia, inexistente entre os burgueses satisfeitos com quem convivia, havia para ela uma ideia de um mundo mais elevado, colorido, como o que aparecia nos livros e, romanticamente, nas peças de teatro, e isso a fez debruçar-se sobre as bordas de seus sentimentos rotineiros para contemplá-la. Uma palavra elogiosa oferecida num instante de encantamento, talvez mais calorosa do que conviria, levou o artista a erguer o olhar do piano para mirá-la, e já esse primeiro olhar arrebatou-a. Sentiu um arrepio de medo e de volúpia: uma troca de palavras, em que tudo lhe parecia quente e iluminado por chamas subterrâneas, excitou a tal ponto a sua curiosidade, já desperta, que não se esquivou de um novo encontro em um concerto público. Passaram então a ver-se com frequência, e não mais por acaso. Sentia-se honrada e de certo modo orgulhosa, ela, que até então pouco valorizara seus gostos musicais e pouca importância dera à sua sensibilidade artística, por significar para ele, verdadeiro artista, aquela que o compreendia e até o aconselhava, conforme ele sempre lhe dizia. E por isso, poucas semanas depois, confiante e precipitadamente, aceitou sua proposta de tocar para ela, e apenas para ela, sua mais recente composição. Promessa talvez meio sincera, mas logo afundada em beijos e por fim na surpreendente entrega de Irene. Seu primeiro sentimento de espanto diante da inesperada feição sensual desse relacionamento, do calafrio misterioso que ele envolvia, rompeu-se bruscamente, e a culpa por aquele adultério não intencional só foi em parte amenizada ao pensar, com um pouco de vaidade, que pela primeira vez, por uma decisão que acreditava ser sua, negava aquele mundo burguês em que vivia. Sua vaidade converteu em um orgulho crescente aquele calafrio diante de sua própria perversidade, que nos primeiros dias a apavorara. Mas essas excitações secretas só lhe interessaram nos primeiros momentos. Seu instinto defendia-se, subterraneamente, contra aquele homem e sobretudo contra o que ele tinha de novidade, de diferente, aquilo que atraíra sua curiosidade. A extravagância de seus trajes, o modo cigano de sua casa, o desregramento de sua vida financeira, sempre a oscilar entre o esbanjamento e os apuros, eram antipáticos aos seus valores burgueses. Como a maioria das mulheres, ela desejava o artista de um modo romântico, à distância, num convívio muito cortês; um fulgurante animal selvagem, mas atrás das grades de ferro da moral. A paixão, que a embriagava em sua música, perturbava-a quando fisicamente próxima dele, na realidade ela não queria aqueles abraços inesperados e imperiosos, cuja brutalidade voluntariosa sem querer comparava com o tímido e respeitoso fervor do marido, mesmo depois de tantos anos juntos. Mas uma vez tendo incorrido na infidelidade, voltava sempre a ele, não por estar satisfeita ou decepcionada, mas por um certo sentimento de dever e por indolência do hábito. Era uma dessas mulheres não raramente encontráveis, mesmo entre as levianas e até as coquetes, cuja mentalidade é tão burguesa que até no adultério colocam uma ordem e na digressão, uma espécie de domesticidade, buscando entretecer no cotidiano, com a máscara da paciência, mesmo o mais raro sentimento. Poucas semanas mais tarde ela já havia encaixado esse jovem rapaz, seu amante, em um lugar bem claro e definido em sua vida, destinando-lhe, como a seus sogros, um dia da semana, mas sem renunciar a nada de seu antigo arranjo por causa dessa nova relação, antes acrescentando alguma coisa à sua vida. Em pouco tempo, o amante já nada mais alterava no mecanismo confortável de sua existência; tornou-se uma espécie de suplemento da sua comedida felicidade, tal como um terceiro filho ou um automóvel, e a aventura logo pareceu-lhe tão banal quanto um prazer permitido.

Hoje, quando pela primeira vez teve de pagar o preço real de sua aventura, ou seja, o perigo, pôs-se a calcular de forma mesquinha o seu valor. Mimada pelo destino, afagada pela família, quase sem desejos em razão de sua confortável condição financeira, parecia-lhe já excessivo esse primeiro dissabor. Recusava-se de imediato a ceder o que quer que fosse de sua paz de espírito, estava pronta na verdade a sacrificar o amante à sua comodidade.

A resposta do amante, uma carta assustada, nervosa e hesitante, trazida na mesma tarde por um mensageiro, uma carta que suplicava, lamentava, acusava, deixou-a no entanto insegura de sua decisão de pôr fim à aventura. A avidez desse amor deleitava sua vaidade, encantava-a aquele desespero arrebatador. O amante implorava-lhe com muita insistência que marcasse ao menos um breve encontro para poder no mínimo conhecer sua culpa, no caso de tê-la ferido sem o saber. E agora a excitava o novo jogo, continuar fazendo-se de ofendida e tornar-se por ele ainda mais desejada, com suas recusas sem motivos. Era excitante o que vivia, e fazia-lhe bem, como a todas as pessoas interiormente frias, deixar que as ondas ardentes da paixão quebrassem ao seu redor, mas sem com isso arder ela própria. Marcou um encontro com o amante numa confeitaria, e lembrou-se de repente de ter sido lá que tivera um flerte quando mais jovem com um ator, o que agora lhe parecia algo infantil, por sua despreocupação e excessivo respeito. Era estranho, ela achava graça que o romantismo começasse a reflorir em sua vida agora, depois de ter se atrofiado nesses anos de matrimônio. No íntimo, quase a alegrava o brusco encontro da véspera com aquela mulher, pois nele experimentara depois de muito tempo um sentimento verdadeiro, tão intenso e estimulante que seus nervos, em geral um tanto relaxados, ainda tremiam sob a pele.

Colocou dessa vez um vestido escuro e discreto e mudou de chapéu para confundir a tal mulher caso se encontrassem. Já separara um véu para dissimular-se, mas uma espécie de súbita rebeldia fez com que o deixasse de lado. Então ela não se atreveria mais a andar na rua, ela, uma mulher benquista, respeitada, por medo de uma pessoa qualquer que nem sequer conhecia? A esse medo do perigo mesclava-se uma atração estranha e instigante, um prazer perigosamente excitante de estar pronta para o combate, análogo ao prazer de sentir nos dedos a lâmina fria de um punhal ou de encarar de perto a boca do cano de um revólver em cujo cartucho negro encontra-se, comprimida, a morte. O calafrio da aventura prometia alguma coisa de imprevisível para sua vida resguardada, o que a atraía como num jogo, uma sensação maravilhosa que lhe tensionava os nervos e fazia circular em seu sangue faíscas elétricas.

Na rua, somente no primeiro segundo sentiu uma ligeira angústia, um calafrio gelado, como o que se sente ao se colocar a ponta dos pés na água do mar antes de lançar-se às ondas. Mas esse gelo a perpassou por um único segundo, e logo já ouviu o rumor de uma rara alegria de viver, o prazer de caminhar com passadas leves, firmes e elásticas, sensação que desconhecia. Quase lamentou que a confeitaria ficasse tão perto, pois agora algum desejo a impulsionava a prosseguir ritmicamente nessa atração magnética e misteriosa da aventura. Mas já estava muito próximo da hora que definira para o encontro, e uma intuitiva e agradável certeza dizia-lhe que o amante já a esperava. Estava sentado a um canto; quando Irene entrou, levantou-se com uma inquietação que a deixou satisfeita mas também envergonhada. Teve de adverti-lo a baixar a voz, pois, em sua confusão e tumulto interior, ele explodiu num turbilhão de perguntas e repreensões. Sem sequer insinuar a verdadeira causa de sua ausência, ela jogou algumas indiretas que por sua imprecisão deixaram-no ainda mais inflamado. Dessa vez ela permaneceu inacessível aos desejos do amante, hesitou até mesmo em fazer promessas, pois percebia quanto o excitava essa recusa misteriosa e brusca... E ao deixá-lo, depois de meia hora de fala fervorosa, sem que tivesse lhe concedido ou apenas prometido o mínimo de ternura, ardia em seu interior uma sensação bem incomum, que conhecera apenas quando moça. Sentia como se uma pequena chama faiscasse e ardesse intimamente, à espera apenas de um vento que lhe alastrasse o fogo até o topo da cabeça. Em passos rápidos, ela ia recolhendo cada olhar que lhe lançavam na rua, e o sucesso inesperado dessa atração que despertava nos homens que por ela passavam provocou de tal modo sua curiosidade em dar uma olhadela em seu próprio rosto, que de súbito parou diante do espelho da vitrine de uma loja de flores para ver sua própria beleza em uma moldura de rosas vermelhas e violetas em brilhos de orvalho. Mirou-se com um olhar fulgurante, leve e jovial, a boca sensualmente entreaberta esboçava-lhe, do outro lado, um sorriso de satisfação, e ao prosseguir sentia seu corpo alado; um desejo de soltar o corpo, de dança ou vertigem desfez o ritmo habitual e regular de seus passos, e ao passar em frente à igreja Michaelerkirche escutou, com certo contragosto, o sino das horas que a convocava a apressar-se a casa, ao seu mundo sistemático e estreito. Desde seus tempos de moça nunca se sentira tão leve, e nunca seus sentidos estiveram tão avivados; nem os primeiros dias do matrimônio, nem os abraços de seu amante tinham aguilhoado seu corpo com faíscas como agora, e tornou-se-lhe insuportável a ideia de desperdiçar em horas regradas toda essa rara lepidez, essa doce embriaguez do sangue. Diante de casa, parou mais uma vez, hesitante, para aspirar com o peito bem aberto esse ar afogueado, a perturbação da hora, para sentir profundamente no coração essa última onda, já enfraquecida, de sua aventura.

Então alguém lhe tocou o ombro. Ela virou-se.

– O que... o que a senhora quer de novo? – balbuciou, subjugada por um susto mortal ao avistar de súbito o rosto odiado. E apavorou-se ainda mais por ouvir de seus próprios lábios aquelas palavras nefastas. Prometera a si mesma que acaso reencontrasse aquela mulher não iria jamais reconhecê-la, iria negar tudo e enfrentar face a face a chantagista... Tarde demais agora.

– Há meia hora que estou esperando, sra. Wagner.

Irene sobressaltou-se ao ouvir seu sobrenome. Essa pessoa sabia seu nome, seu endereço. Tudo agora estava perdido. Estava entregue a ela, sem salvação. Ela guardava entre os lábios palavras cuidadosamente preparadas e medidas, mas sua língua estava amortecida, sem forças para proferir um som.

– Já estou esperando há meia hora, sra. Wagner.

A mulher repetiu as palavras em tom de ameaça e censura.

– O que quer... o que a senhora quer de mim?

– Suponho que saiba, sra. Wagner – Irene sobressaltou-se de novo ao ouvir seu sobrenome. – Sabe muito bem por que estou aqui.

– Eu nunca mais o vi... Deixe-me agora... nunca mais o verei... nunca...

A mulher esperou calmamente, até que Irene em seu nervosismo não conseguisse mais falar. E então disse-lhe de forma rude, como se falasse a um subalterno:

– Não minta! Eu a segui até a confeitaria. – E, ao ver Irene sem defesa, acrescentou, debochada: – Afinal eu não tenho ocupação. Fui demitida da loja por causa do desemprego, como dizem, e também da crise. Bem, a gente aproveita então pra também passear um pouquinho... exatamente como as mulheres decentes.

A perversidade dessa fala atingiu vivamente os sentimentos de Irene. Sentia-se indefesa diante da brutalidade nua desse ultraje e, cada vez mais inquieta, foi tomada pelo pensamento terrível de que a mulher pudesse passar a falar alto ou então que o marido passasse ali naquela hora, e assim tudo estaria perdido. Procurou apressadamente no regalo, abriu rispidamente a carteira de prata e tirou todo o dinheiro que conseguiu pegar. Meteu-o com nojo na mão que já se estendia atrevida com vagar, segura do saque. Mas dessa vez a mão atrevida não agarrou o dinheiro de forma servil como antes, permaneceu estendida e rígida, como uma garra aberta.

– Me dê também a carteira para que eu não perca o dinheiro! – disse ainda sardonicamente aquela boca grosseira, com uma risadinha baixa e rouca.

Irene fitou-a nos olhos, mas apenas por um segundo. Não conseguia suportar aquele sarcasmo descarado e grosseiro. Sentia uma repulsa invadir todo o corpo, como uma queimação, uma dor. Tinha de ir embora rápido, não queria mais ver aquele rosto! Virou-se para o lado e num movimento brusco estendeu-lhe a carteira cara, e, acossada pelo medo, subiu as escadas correndo.

O marido ainda não tinha chegado em casa. Atirou-se no sofá. Estática, como se tivesse recebido uma martelada, continuou ali deitada. Uma palpitação louca nos dedos ainda sacudia seus braços e ombros aos solavancos. Nada em seu corpo estava em condições de defender-se da violência do horror desencadeado. Levantou-se, num esforço brutal, somente quando ouviu a voz do marido lá fora, e arrastou-se à outra sala, com movimentos de autômato e os sentidos ausentes.

O TERROR AGORA ESTAVA INSTALADO nela e em sua casa e não abandonava os cômodos. Nas longas horas vazias em que as imagens daquele encontro medonho se repetiam em sua memória como ondas, percebeu claramente que a situação era inescapável. Aquela pessoa sabia – e não podia entender como isso ocorrera – seu nome e seu endereço e, como suas primeiras tentativas tinham sido tão bem-sucedidas, certamente não pouparia meios de usar seu conhecimento para uma chantagem duradoura. Seria o seu pesadelo por anos e anos a fio, do qual não poderia se livrar, mesmo com o mais desesperador esforço, pois embora com uma vida afortunada e esposa de um homem rico, sem o consentimento do marido Irene não poderia dispor de uma soma significativa para libertar-se dela de uma vez por todas. Além disso, ela sabia pelos relatos ocasionais do marido e por seus processos que os contratos e promessas feitas com pessoas inescrupulosas e indignas não tinham o menor valor. Calculava que por um mês ou dois talvez ainda pudesse protelar a desgraça, mas depois o edifício artificial de sua felicidade doméstica tombaria, e pouca satisfação lhe dava a certeza de que em sua queda levaria junto a chantagista. Pois afinal o que significariam seis meses de prisão para aquela pessoa dissoluta que talvez até já tivesse sido condenada antes, em comparação com a vida que ela própria perdia e temia, horrorizada, que lhe fosse a única possível? Começar uma vida nova, desonrada e estigmatizada, parecia-lhe inconcebível, pois até então sempre fora presenteada pela vida e pessoalmente não construíra parcela alguma de seu destino. E era ali que estavam seus filhos, seu marido, seu lar, todas as coisas que só agora, ao correr o risco de perdê-las, sentia o quanto eram parte e essência de sua vida interior. Tudo aquilo em que ela apenas roçava com a barra do vestido pareceu-lhe de súbito terrivelmente necessário. E o pensamento de que uma vagabunda desconhecida, à espreita nas ruas, tivesse o poder de aniquilar aquele caloroso ambiente com apenas uma palavra era inconcebível, tão irreal quanto um sonho.

Não havia meios de evitar a desgraça, impossível escapar, era isso que sentia, com uma certeza terrível. Mas o que... o que se passaria? Estava às voltas com essa questão, desde a manhã até a noite. Um dia chegaria uma carta para seu marido, ela já o via entrando, pálido, o olhar sombrio, tomando-a pelo braço e interrogando-a... Mas então... o que aconteceria? O que ele faria? E aí as imagens apagavam-se de súbito na escuridão de um medo confuso, terrível. Ela não sabia a sequência, e suas suposições precipitavam-se num vertiginoso precipício. No correr dessa especulação, de uma coisa ela tornou-se cruelmente ciente: de como conhecia pouco o marido, de como era incapaz de prever suas decisões. Fora por estímulo dos pais que se casara com ele, sem se opor, com uma simpatia inclusive que permanecera intacta ao longo dos anos. Vivera ao seu lado oito anos de uma felicidade tranquila e confortável, tinham filhos, um lar e inúmeras horas de conjunção carnal, mas somente agora, ao perguntar a si mesma qual seria o comportamento do marido, percebia como ele ainda lhe era desconhecido. Nas retrospectivas febris – como holofotes fantasmagóricos – com que sondava os últimos anos, descobriu que nunca havia investigado a verdadeira natureza dele, e agora depois de anos não sabia nem mesmo se era um homem condescendente ou rigoroso, severo ou sensível. Com um sentimento tardio e desastroso de culpa despertado pelo medo diante da vida teve de admitir que até então tinha conhecido apenas o lado sociável e superficial do marido, mas nunca seu lado íntimo, de onde partiria a reação naquela hora trágica. Começou a pesquisar involuntariamente pequenos traços e indícios, a rememorar algumas conversas em que surgiram questões similares, queria saber como eram seus julgamentos, e para seu espanto e desapontamento percebeu que quase nunca ele expressara suas visões pessoais, e ela por sua vez nunca lhe dirigira perguntas de tal natureza. Só agora começava a medir a vida do marido por certos traços isolados que pudessem revelar-lhe o caráter. Seu medo batia como um martelo indeciso a cada pequena lembrança, a fim de encontrar uma entrada nas câmaras escuras dos sentimentos do marido.

As mínimas expressões a ameaçavam, e passou a aguardar sua chegada com uma impaciência febril. Ao cumprimentá-la, mal tocava seu rosto, mas em seus gestos – o modo como beijava sua mão ou como acariciava seus cabelos com os dedos – parecia haver uma ternura que, embora se esquivasse castamente de atitudes tempestuosas, podia significar uma profunda afeição. Ele era sempre comedido ao falar com ela, nunca impaciente ou irritado, e seu comportamento geral era de uma gentileza serena. Mas, como ela começava a suspeitar em sua inquietação, era uma gentileza que pouco se diferenciava daquela dispensada aos criados e certamente menor do que aquela com que tratava as crianças, sempre animado, de forma ora alegre, ora afetuosa. Nesse dia também ele perguntou novamente detalhes sobre os assuntos da casa, o que lhe dava oportunidade de compartilhar seus interesses com ele, mas ocultava os seus próprios interesses. E pela primeira vez ela atinou, agora que o observava, o quanto ele a poupava, com que comedimento ele se esforçava para ajustar-se às suas conversas habituais – cuja banalidade inócua ela de repente reconheceu com espanto. Ele não falou absolutamente nada de si, e a curiosidade de Irene, sedenta por um apaziguamento, não foi satisfeita.

Como as palavras não o revelavam, ela passou a interrogar o seu rosto nesse momento em que estava sentado em sua poltrona lendo, inteiramente iluminado pela luz do abajur. Ela olhava suas feições como se fossem as de um desconhecido e buscava decifrar nos traços familiares mas subitamente estranhos o caráter que oito anos de vida em comum tinham mantido oculto à sua indiferença. A testa era clara e nobre, como se modelada por um poderoso esforço intelectual, mas a boca era austera e não indulgente. Tudo era tenso em seus traços demasiadamente viris, tudo era força e energia: perplexa por descobrir beleza ali, e com certa admiração, ela apreciava aquela austeridade grave, aquela visível rispidez que até então, em sua maneira simplória, achara pouco divertida e teria trocado, com alegria, por uma eloquência mais vivaz. Os olhos, no entanto, onde deveria decerto estar abrigado o verdadeiro mistério, estavam voltados para o livro, inacessíveis ao seu campo de observação. Ela podia fixar interrogativamente apenas o seu perfil, como se aquela linha curva exprimisse uma única palavra, de misericórdia ou de condenação; esse perfil desconhecido que a assustava pela rigidez mas em cuja determinação ela via, pela primeira vez, uma beleza singular. De repente ela percebeu que estava gostando de olhar para ele, com prazer e orgulho. Junto com essa sensação sentiu uma fisgada qualquer dolorosa no peito, um sentimento pesado, o arrependimento por algo que desperdiçara, um retesamento quase sensual, de que não se lembrava de ter sentido antes ao contemplar o marido. Ele ergueu os olhos do livro. Ela recolheu-se rapidamente no escuro para que a interrogação ardente de seu olhar não acendesse fagulhas de suspeita.

Não saíra de casa em três dias. E notava com certo incômodo que a sua presença agora constante já chamava a atenção, pois raramente costumava passar muitas horas, ou, ainda mais grave, dias seguidos, em sua residência. Pouco prendada para as tarefas domésticas, e, por causa de sua independência material, desobrigada de preocupações miúdas da administração caseira, entediada consigo própria, a casa significava para ela pouco mais que um lugar provisório de descanso, e as ruas, o teatro, as organizações sociais com suas reuniões animadas, a eterna profusão de mudanças exteriores, eram seus lugares preferidos, onde a fruição não exigia qualquer esforço interior, e onde os sentidos recebiam múltiplos estímulos em meio a um certo torpor. Irene e todo seu modo de pensar pertenciam àquela elegante comunidade da burguesia vienense, cuja agenda, segundo um acordo qualquer secreto, parecia estar sempre pautada pela regra de que todos os membros dessa liga invisível se encontrassem ininterruptamente à mesma hora, com os mesmos interesses, até que esses constantes encontros e observações comparativas se tornassem o sentido de sua própria existência. Entregue a si mesma e isolada, uma vida assim habituada ao convívio da frívola comunidade perde todo o suporte. Sem a regular dose de sensações altamente insignificantes mas indispensáveis, os sentidos sublevam-se, e o fato de estar sozinha degenera-se depressa em uma exasperada hostilidade contra a própria pessoa. Ela sentia o tempo pesar infinitamente sobre si, e sem sua habitual finalidade as horas perdiam todo o sentido. Andava para cima e para baixo entre os cômodos da casa, ociosa e aflita, como se estivesse entre as paredes de um calabouço. A rua, o mundo, que significavam para ela a verdadeira vida, estavam bloqueados, lá estava a chantagista com sua ameaça, à espera, como o anjo com a espada de fogo.

Os primeiros a notarem aquela mudança foram os filhos, principalmente o mais velho, que expressou de forma clara e desconcertante sua ingênua admiração por ver tanto a mãe em casa, enquanto os criados apenas sussurravam e trocavam suas suspeitas com a governanta. Ela esforçava-se em vão para justificar sua extraordinária presença com as mais diversas razões, em parte muito bem-boladas, mas eram exatamente essas explicações artificiais que lhe revelavam o quanto se tornara inútil em seu próprio círculo de influências em razão desses anos de indiferença. Em todos os lugares em que gostaria de fazer alguma coisa topava com a resistência de interesses alheios que recusavam suas inesperadas investidas como se fossem ousadas interferências em direitos adquiridos. Os lugares estavam todos ocupados. Ela mesma, por falta de costume, tornou-se um corpo estranho no organismo de sua própria casa. Não sabia então o que fazer consigo nem com o tempo. Falhou até mesmo ao se aproximar das crianças, que viam em seu interesse imprevisto um novo tipo de controle, e sentiu-se corar de vergonha quando numa dessas tentativas de vigilância o filho de sete anos perguntou, atrevido, por que afinal ela não saía mais para passear. Onde quer que tentasse ajudar, desestabilizava a ordem, e onde tentasse participar, despertava suspeitas. E ainda faltava-lhe habilidade para tornar sua presença menos visível, por meio de um sábio recolhimento e sossego no quarto para ler um livro ou fazer um trabalho manual. O medo, que como qualquer outra emoção intensa se transformava nela em nervosismo, perseguia-a de um quarto a outro. A cada chamada do telefone, a cada toque da campainha da porta, ela atemorizava-se, e apanhava-se sempre espiando a rua detrás das cortinas, com fome de pessoas ou ao menos de poder avistá-las, com ânsia de liberdade, mas também cheia de medo de ver surgir de súbito entre os rostos que passavam aquele que a perseguia até nos sonhos. Sentia sua tranquila existência desfazer-se, derreter-se, e dessa impotência brotava o pressentimento de uma vida em ruínas. Esses três dias no cárcere dos quartos pareceram-lhe mais longos que os oito anos de casamento.

 Nessa terceira noite ela e o marido haviam sido convidados, há semanas, para um evento, e não ficaria bem, em hipótese alguma, recusar o convite na última hora sem uma justificativa muito convincente. Além do mais, aquelas invisíveis grades do terror ao seu redor precisavam ser quebradas ao menos uma vez, caso não quisesse perecer. Ela precisava de pessoas, de algumas horas de descanso de si mesma e daquele isolamento suicida do medo. E afinal, onde estaria mais bem abrigada do que em uma casa alheia, entre amigos? Onde estaria mais segura contra aquela perseguição invisível que cercava seus caminhos? Estremeceu por um instante, o breve instante em que saiu de casa, em que voltou a tocar a rua pela primeira vez desde o último encontro com aquela mulher que podia estar à espreita em qualquer lugar. Sem pensar, agarrou-se ao braço do marido, fechou os olhos, deu umas passadas rápidas da calçada ao carro que os aguardava. Depois, ao lado do marido e com o carro a zumbir pelas ruas noturnas e desertas, aquele peso terrível que carregava consigo se desfez. E, ao subir as escadas da casa que não era a sua, estava certa de estar protegida. Durante algumas horas ela podia ser como fora por muitos anos: despreocupada, festiva, e ainda com a alegria potencializada e consciente de alguém que saiu das muralhas do cárcere para ver o sol. Ali havia um muro contra qualquer perseguição, onde o ódio não tinha permissão de entrar. Estava rodeada somente de pessoas que a consideravam com afeto, respeito e honra, pessoas cheias de adornos e sem intenções, fulgurantes de superficialidade, uma roda de prazeres que finalmente a circundou de novo. Pois ao entrar sentiu pelos olhares dos outros que era bonita, e ficou mais bonita ainda pela sensação consciente que há muito não experimentava. Como fazia bem estar ali depois de todos aqueles dias de silêncio sentindo aquele pensamento único e incessante, como um arado cheio de lâminas a afundar em seu cérebro, tornando-o completamente estéril. Era como uma ferida, e doía. Como era bom poder ouvir novamente palavras elogiosas, crepitando animadas e elétricas até sob a pele, fazendo o sangue correr com pressão. Parou um pouco, o olhar fixo. Alguma coisa contraía seu peito com agitação e queria sair. Entendeu, num piscar de olhos: era uma risada presa, querendo libertar-se. Estourou como uma rolha de champanhe e ressoou em pequenas colorações vertiginosas, ela ria e ria, envergonhava-se um pouco daquele delírio bacântico, mas continuava rindo. Corria uma energia elétrica de seus nervos descontraídos, todos os sentidos estavam aguçados, vigorosos e excitados. Pela primeira vez, depois de dias, ela comeu com uma fome real e bebeu como se estivesse a morrer de sede.

 Seu ânimo ressequido, ávido por pessoas, sorvia vida e prazer. A música ao lado a atraía e infiltrava-se profundamente sob sua pele em brasas. Começou a dança, e sem perceber ela já estava no meio da multidão.

Dançava como nunca. Os rodopios arrancavam dela aquele peso e o arremessavam para longe. O ritmo alastrava em seu corpo como fogo, em movimentos intrépidos de dança. Se parava a música, ela sentia o silêncio como dor, a serpente do desassossego subia por seu corpo e lambia como uma labareda suas pernas e braços trêmulos, e ela precipitava-se de volta no turbilhão como num banho, numa água fresca e tranquilizante. Nunca passara de uma dançarina mediana, muito comedida, demasiado racional e excessivamente prudente nos movimentos, mas a embriaguez da alegria em liberdade desatou-lhe todas as travas da inibição. Rompera-se a cinta de aço de timidez e recato que dava limites às suas paixões mais selvagens, e ela sentia-se sem amarras, desenfreada, inteira, afortunada. À sua volta sentia toques e afastamentos de braços, mãos, sopros de palavras, risos de prazer, música a correr-lhe no sangue. Seu corpo estava hirto, retesado, tão retesado que o ventre chegava a arder ao tocar o vestido, e bem que gostaria de arrancar todas as suas roupas para sentir mais profundamente dentro de si esse êxtase, nua.

— Irene, o que você tem? — Ela virou-se, perdendo um pouco o equilíbrio, de olhos sorridentes, ainda quente dos abraços de seu parceiro. O olhar frio, espantosamente fixo e severo do marido atingiu-a. Assustou-se. Estivera descontrolada demais? Seu frenesi teria revelado porventura alguma coisa?

— O que... que você quer dizer, Fritz? — gaguejou, perplexa com o golpe súbito daquele olhar que nela adentrou com violência, e que já sentia dentro de si, como se atingida no coração. Teria gostado de gritar, diante da penetrante determinação daquele olhar.

— Muito estranho — murmurou enfim. Em sua voz havia um tom sinistro de surpresa. Ela não se atreveu a perguntar o motivo. Mas arrepiou-se ao ver os seus ombros, logo que ele se afastou calado, seus ombros enormes, largos e rijos, um amontoado de nervos sob um pescoço de aço. Os ombros de um assassino, pensamento rápido e louco que atravessou seu cérebro numa fração de segundo, mas que ela logo afastou. Somente agora, como se o visse pela primeira vez, seu próprio marido, percebia cheia de pavor como ele era forte e temível.

A música aumentou. Um cavalheiro veio em sua direção, e, em gesto mecânico, ela segurou seu braço. Mas tudo agora tornara-se pesado, e a melodia viva não conseguia mais elevar seus movimentos enrijecidos. Arrastava-lhe um peso, do coração aos pés, os passos doíam-lhe. Precisou pedir ao parceiro que a liberasse. Ao afastar-se, olhou em volta sem perceber, para ver se o marido estava por perto. Estremeceu. Ele estava parado atrás dela, como se a esperasse, e de novo seu olhar indecifrável chocou-se de frente com o dela. O que queria? Já sabia de alguma coisa? Inconscientemente puxou o vestido, como se precisasse proteger o peito nu diante dele. Seu silêncio continuou tão resoluto quanto seu olhar.

– Vamos? – perguntou Irene, angustiada.

– Sim. – Sua voz soou ríspida e hostil. Ele foi à frente. Mais uma vez ela olhava para a nuca larga e ameaçadora. Vestiram-lhe o casaco de pele, mas ainda assim sentia muito frio. Voltaram em silêncio no carro. Ela não arriscou nenhuma palavra. Sentia um novo perigo, pesado e pouco nítido. Agora estava cercada.

Nessa noite teve um sonho sufocante. Tocava uma música estranha, era um salão iluminado e de teto alto. Ela entrou. Muitas cores e pessoas embaralhavam-se em seus movimentos. Então veio um jovem em sua direção, que ela tinha a impressão de conhecer mas não se lembrava bem, segurou-lhe o braço, e os dois dançaram. Sentia-se leve e bem. Uma única onda de música suspendeu-a, de modo a não sentir mais o chão, e os dois dançaram pelos salões, onde lustres dourados muitíssimo altos sustentavam pequenas chamas como estrelas a reluzir, e uma sequência de espelhos, de parede a parede, lançavam-lhe o seu próprio sorriso e o devolviam arremessando-o ainda mais longe, em reflexos infinitos. A dança era mais e mais fogosa, e a música ainda mais abrasadora. Ela notava que o jovem a segurava com mais firmeza, sua mão afundando em seu braço nu, e ela gemia de prazer e dor, e agora que seus olhos mergulharam nos olhos dele, supôs reconhecê-lo. Parecia um ator por quem manteve, à distância, uma arrebatadora paixão quando menina, mas quando foi pronunciar, exultante, seu nome, ele aprisionou-lhe aquele grito discreto com um beijo ardoroso. E assim, com os lábios fundidos, um único corpo incendiando-se, um no outro, os dois voaram pelas salas, como se levados por um vento abençoado. As paredes desfaziam-se, ela não via mais as horas nem o teto flutuante, sentia-se indescritivelmente leve, desfazendo-se. De súbito, sentiu alguém tocar-lhe o ombro. Ela parou, e também a música. Extinguiram-se as luzes, as paredes fecharam-se em escuridão, e o parceiro de dança sumiu. "Quero-o de volta, sua ladra!", gritou aquela mulher horrenda, pois era ela que perfurava as paredes com sua voz estridente e agarrava com dedos gelados o punho de Irene. Ela revoltou-se e ouviu o seu próprio grito, um clamor enlouquecido de horror, e as duas lutaram, mas a mulher era mais forte, arrebentou-lhe o colar de pérolas e a metade do vestido, expondo a nudez de seus braços e de seus seios por debaixo do tecido em trapos. De repente as pessoas voltaram a aparecer numa onda crescente de barulho. Vinham de todos os salões e encaravam-na, seminua, com escárnio, enquanto a mulher berrava: "Ela o roubou de mim, essa prostituta, vadia." Não sabia onde se esconder, para onde dirigir o olhar, e as pessoas iam chegando cada vez mais perto, curiosas, caretas rosnando em volta de sua nudez. Seu olhar desnorteado continuava fugindo em busca de salvação quando inesperadamente avistou o marido na moldura escura da porta, de pé, imóvel, a mão direita escondida atrás das costas. Ela deu um grito e saiu correndo, correu por todos os quartos, atrás dela a multidão cobiçosa. Ela sentia o vestido escorregar mais e mais, mal conseguia segurá-lo. Então uma porta se abriu à sua frente, ela precipitou-se escada abaixo para salvar-se, mas lá embaixo já esperava novamente por ela aquela mulher vulgar, com sua saia de lã e as mãos abertas como garras. Ela deu um salto de lado e disparou enlouquecida para longe, mas a outra pôs-se a correr atrás, e as duas galoparam por longas ruas silenciosas durante a noite, e os lampiões dobravam-se cinicamente para elas. Atrás de si ouvia sempre os tamancos da mulher a ressoar em sua direção, mas, sempre que chegava a uma esquina, a mulher surgia num salto à sua frente e continuava a persegui-la até a esquina seguinte, por detrás de todas as casas, à esquerda e à direita.

Ela sempre estava lá, terrivelmente multiplicada, impossível de ser ultrapassada, sempre aos saltos à sua frente e sempre a persegui-la, a ela que sentia já os joelhos fraquejarem. Estava enfim diante de casa, correu para entrar, mas ao abrir a porta num solavanco, deparou-se com seu marido, com um punhal na mão, a encará-la com um olhar perfurante. "Onde você esteve?", perguntou de modo soturno. "Em lugar nenhum", ouviu sua voz respondendo, e ao seu lado uma risada estridente. "Eu vi! Sim, eu vi tudo!", gritou rindo a mulher, que de novo já estava ao seu lado, de pé, numa gargalhada ensandecida. Aí o marido ergueu o punhal. "Socorro!", ela gritou. "Socorro!..."

    Ela arregalou os olhos, e seu olhar assustado colidiu com o olhar do marido. O que... o que foi isso? Estava em seu quarto, a lâmpada tinha um brilho frouxo, estava em casa, em sua cama, tinha sonhado apenas. Mas por que o seu marido estava sentado na beira de sua cama, observando-a como se faz com um doente? Quem teria acendido a luz? E por que ele estava sentado ali tão sério, rígido, imóvel? Um pânico a dominou. Automaticamente olhou para a mão dele: não, não segurava um punhal. Aos poucos o atordoamento do sonho cedeu, e também suas imagens relampejantes. Ela devia ter sonhado e gritado, despertando o marido. Mas por que ele a olhava de modo tão grave e penetrante, tão implacavelmente sério?

    Ela tentou sorrir.

    – O que... o que é? Por que está me olhando assim? Creio que tive um pesadelo horrível.

    – Sim, você gritou alto. Ouvi do outro quarto.

"O que terei gritado, o que revelei, o que será que ele já sabe?", só de pensar nisso, Irene estremeceu. Mal conseguia erguer o olhar para fitá-lo. Ele no entanto olhava-a muito sério, com uma serenidade impressionante.

    – O que está acontecendo, Irene? Alguma coisa há com você. Já há alguns dias que está diferente, como se estivesse com febre, nervosa, confusa, pedindo socorro em seus sonhos.

    Ela tentou de novo sorrir.

    – Não – insistiu o marido. – Você não deve me esconder nada. Algo a preocupa, algo a atormenta? Em casa todos já perceberam que você anda diferente. Você deve confiar em mim, Irene.

Aproximou-se dela com delicadeza. Ela sentia os dedos a alisar, acariciar seu braço nu, e nos olhos dele via uma luz rara. Foi acometida pelo desejo de atirar-se ao seu corpo firme, agarrar-se a ele, confessar-lhe tudo, só soltando-o quando a perdoasse, agora nesse momento em que a vira sofrer.

Mas a luz da lâmpada clareava-lhe o rosto, e ela sentiu-se envergonhada. Temia as palavras.

– Não se preocupe, Fritz – ao dizer isso, tentava esboçar um sorriso, enquanto seu corpo tremia por inteiro, da cabeça até os dedos nus dos pés. Só estou um pouco nervosa. Mas já vai passar.

A mão que já a envolvia retirou-se rapidamente. Tremeu ao vê-lo pálido sob aquela luz esmaecida, a testa carregada das sombras pesadas de pensamentos sinistros. Devagar ele se levantou.

– Não sei, sinto como se você tivesse algo a me dizer nesses últimos dias. Algo que concerne somente a você e a mim. Estamos a sós agora, Irene.

Ela continuou deitada, sem se mover, como que hipnotizada por aquele olhar grave e sombreado. Como tudo poderia ficar bem, sentiu Irene, bastava ela dizer uma palavra, uma única palavra: perdão, e ele não perguntaria o motivo. Mas por que essa luz acesa, essa luz forte, intrépida, atenta à escuta? No escuro ela teria conseguido dizer. Mas a luz refratava sua força.

– Então, você não tem realmente nada a me dizer?

Que tentação terrível, que voz suave ele tinha! Ela nunca o ouvira falar assim. Mas a luz, a lâmpada, essa lâmpada indecente!

Conteve-se.

– O que você está pensando, Fritz? – disse rindo e assustou-se com sua própria voz em falsete. – Porque não durmo bem, acha que guardo segredos? Talvez aventuras?

Estremeceu ao ouvir suas próprias palavras. Como elas soavam falsas, mentirosas... Odiou-se profundamente, e sem querer desviou o olhar.

– Então durma bem. – Ele disse essas breves palavras num tom áspero, com uma voz bem diferente, como se fosse uma ameaça ou um escárnio maligno, perigoso.

E depois apagou a luz. Ela viu desaparecer sua sombra na porta, branca, como um fantasma noturno, silencioso, descorado, e o modo como a porta se fechou foi para ela como se tivesse se fechado um túmulo. O mundo parecia-lhe morto, oco. Apenas o seu coração, de dentro do corpo enregelado, pulsava forte, selvagem, contra o peito. A cada batida, dor e mais dor.

No DIA SEGUINTE, ao sentarem-se juntos para o almoço – as crianças haviam brigado e tiveram de ser censuradas, com muito esforço, para que ficassem calmas –, a criada trouxe uma carta.

– É para a senhora, e estão à espera da resposta.

Olhou com espanto a letra desconhecida, apressou-se em abrir o envelope e ficou totalmente pálida ao ler a primeira linha. Levantou-se num sobressalto e alarmou-se ainda mais ao reconhecer na admiração de todos que sua impetuosa e irrefletida atitude a traíra.

A carta era concisa. Três linhas: "Por favor, entregue imediatamente ao portador desta a quantia de cem coroas." Sem assinatura e sem data, apenas essa ordem imperiosa e ameaçadora, em letra visivelmente disfarçada! Irene correu ao seu quarto para buscar o dinheiro, mas não lembrava onde havia guardado a chave de sua caixinha. Escancarou e vasculhou todas as gavetas, em agitação febril, até que por fim a encontrou. Trêmula, dobrou as notas, colocou-as num envelope e foi à porta entregá-lo pessoalmente ao portador. Fez tudo isso sem refletir, como se estivesse hipnotizada, sem dar margens a hesitações. E, em menos de dois minutos, estava de volta à sala.

Todos calados. Sentou-se com desconforto e timidez e quis dar uma explicação rápida qualquer, quando percebeu, num susto terrível, que, cega com aquele relâmpago de nervosismo, deixara a carta aberta bem ao lado de seu prato. Sua mão tremia tanto que teve imediatamente de colocar o copo que segurava de volta sobre a mesa. Teria bastado um pequeno movimento para que o marido alcançasse a carta, talvez uma simples olhadela tivesse sido suficiente para que lesse aquelas linhas grandes e esgarranchadas. Ela não conseguia falar. Pegou o bilhete disfarçadamente e o amassou, mas quando foi escondê-lo, deparou-se com o olhar do marido, um olhar intenso, penetrante, severo, doloroso, que nunca vira antes. Só agora, nesses últimos dias, ele lhe lançava com o olhar esses golpes de desconfiança que a faziam tremer por dentro, sem que ela soubesse como parar. Foi com esse olhar que ele lhe travou os movimentos ao mirá-la na dança da festa, e era o mesmo olhar que reluzira na noite anterior sobre o seu sono, como a lâmina de um punhal.

Seria um excesso de informação ou talvez uma determinação na busca de informações que tornavam aquele olhar tão afiado, tão direto, tão férreo, tão doloroso? E enquanto ainda buscava uma explicação, ocorreu-lhe uma lembrança há muito esquecida: seu marido contara-lhe certa vez ter encontrado em tribunal um juiz de instrução criminal, cujo artifício era simular uma miopia enquanto avaliava os autos, no decorrer do interrogatório, para depois, no momento da pergunta decisiva, erguer os olhos com a rapidez de um corisco e cravá-los como uma espada nos olhos do acusado. Aterrorizado pelo olhar do juiz, subitamente agudo, inquisitivo, concentradíssimo e fulminante, o acusado perdia totalmente o controle de si e descuidava-se das mentiras previamente arquitetadas. Será que o marido estava agora experimentando essa arte, e que a vítima no momento era ela? Estremeceu só de pensar, ainda mais porque sabia da grande paixão do marido por assuntos da psicologia, paixão que ia muito além das exigências jurídicas de sua profissão. Podia ocupar-se de um crime, com sua investigação, seus desdobramentos e chantagens, como outros ocupavam-se com os jogos de azar ou o erotismo. E nesses dias de caçada de pistas psicológicas ele ficava como que aceso internamente, com o espírito aguçado, em fagulhas. Uma espécie de inquietação entusiástica que muitas vezes o levava a desengavetar à noite esquecidas sentenças de julgamentos anteriores deixava-o com uma expressão fria, férrea, impenetrável; ele comia e bebia pouco, apenas fumava sem cessar, parecia economizar as palavras para as horas do tribunal. Uma vez ela assistiu a um discurso dele em tribunal, mas foi a única vez, pois ficou muito assustada com a paixão sinistra, o fervor quase maligno de sua fala, a expressão áspera e sombria de seu rosto, a mesma expressão que acreditava rever naquele olhar frio sob as sobrancelhas franzidas de forma ameaçadora.

Essas lembranças antigas vinham todas no fluxo de um segundo, impedindo-a de dizer as palavras que queriam se formar em seus lábios. Ficou calada, mas cada vez mais aturdida por sentir o perigo desse silêncio e as chances que perdia de dar alguma explicação plausível. Não ousava mais erguer o olhar, mas ao mantê-lo baixo apavorou-se mais ainda ao ver as mãos do marido, sempre tão sossegado e comedido, moverem-se agora para cima e para baixo sobre a mesa como pequenos animais selvagens. Felizmente o almoço estava quase terminando. As crianças pularam e correram para a sala ao lado, numa algazarra que a governanta tentava em vão controlar. O marido também se levantou, e com passadas fortes seguiu para a sala ao lado, sem olhar ao redor.

Mal se viu só, ela pegou de novo a carta fatídica e releu-a: "Por favor, entregue imediatamente ao portador desta a quantia de cem coroas." Furiosa, rasgou-a em pedaços, amassou tudo e já ia jogar aquela bolinha de papel no cesto do lixo, mas refletiu melhor, curvou-se sobre a lareira e jogou o papel no lume. Tranquilizou-se ao ver a labareda lambendo, devorando com cobiça aquela ameaça.

Justo nesse momento, ela ouviu os passos do marido voltando, já à porta. Virou-se bruscamente, o rosto vermelho da brasa e de ter sido apanhada de surpresa. A grade da lareira estava ainda aberta, o que a denunciava. Meio desajeitada, tentou escondê-la com o corpo. Ele foi até a mesa, riscou um fósforo para acender um charuto, e quando a chama estava perto de seu rosto, ela acreditou ver um tremor em suas narinas, o que nele era sempre sinal de raiva. Encarando-a calmamente, disse-lhe:

– Quero apenas que entenda que você não é obrigada a mostrar-me as suas cartas. Se você quer ter segredos para mim, tem total liberdade.

Ela continuou quieta, sem se atrever a olhá-lo. Ele esperou um instante e então soltou uma forte baforada do charuto, com uma pressão que parecia vir das profundezas do peito, e, com passos pesados, deixou a sala.

IRENE NÃO QUERIA pensar em nada mais, queria apenas viver, inebriar-se, fartar-se de ocupações vazias e insignificantes. Não suportava mais ficar em casa, sentia que precisava andar na rua, estar entre as pessoas, para não enlouquecer de pavor. Com aquelas cem coroas, assim esperava, ao menos alguns dias de liberdade ela teria adquirido da chantagista, e decidiu ousar novamente um passeio, inclusive porque tinha coisas para resolver e sobretudo para apagar em casa a evidência daquela sua mudança de comportamento. Agora ela já tinha um jeito especial de escapulir. Do portão de casa, como se de um trampolim, precipitou-se de olhos fechados na correnteza da rua. E, o pavimento duro sob os pés, aquele morno aglomerado de pessoas ao seu redor, pôs-se a andar com certo nervosismo, o mais depressa possível para uma dama que não queria se fazer notar, seguindo em frente, cegamente, os olhos grudados no chão, temendo encontrar outra vez aquele olhar de ameaça. Se estivesse sendo seguida, preferia ao menos não saber. Na realidade, sentia que não pensava em outra coisa, e assustava-se terrivelmente quando acontecia de esbarrarem nela. Qualquer barulho, qualquer passo que se aproximasse, qualquer sombra que passasse deixava seus nervos à flor da pele. Só mesmo dentro de um carro ou de uma casa que não fosse a sua podia respirar de verdade.

Um senhor cumprimentou-a. Erguendo os olhos, reconheceu um velho amigo de sua família, um homem já grisalho e muito falante, de quem preferia se distanciar porque tinha o hábito de importunar horas a fio falando de seus pequenos problemas de saúde, por vezes inventados. Mas agora ela lamentava ter apenas retribuído seu cumprimento sem ter procurado acompanhá-lo, pois a companhia de um conhecido teria sido uma boa defesa contra uma abordagem inesperada da perseguidora. Oscilou e quis voltar, mas sentiu como se alguém atrás apressasse os passos para alcançá-la. Instintivamente, sem refletir, prosseguiu adiante, de forma intempestiva. Mas, com a intuição cruelmente aguçada pelo medo, percebeu os passos atrás com a mesma aceleração que os seus e correu ainda mais depressa, embora soubesse que fatalmente sucumbiria à perseguição. Seus ombros começaram a tremer ao pressentir a mão – sentia o passo cada vez mais perto – que a tocaria no momento seguinte, mas quanto mais queria acelerar seu ritmo, mais pesados ficavam os seus joelhos. Agora sentia a pessoa realmente muito perto, e... "Irene!", chamou uma voz afobada mas baixinha, vinda de trás, uma voz que ela não reconheceu de imediato, mas com certeza não era daquela pavorosa mensageira do infortúnio. Virou-se com um suspiro de alívio: era o seu amante, que quase tropeçou nela, pelo jeito brusco de sua virada. Ele tinha o rosto pálido, confuso, com traços de nervosismo e agora também de embaraço, diante do olhar aturdido de Irene. Inseguro, ergueu a mão para cumprimentá-la, mas deixou-a baixar novamente, ao ver que Irene não ofereceu a sua. Ela ficou estática a olhá-lo por um ou dois segundos, de tão inesperado que foi vê-lo ali. Ela o tinha até mesmo esquecido nesses dias de pânico. Mas agora, ao ver de perto o rosto pálido, indagativo, e a expressão desconsolável de vazio – que todo sentimento impreciso expõe nos olhos –, explodiu-lhe uma onda espumosa de raiva. Seus lábios tremiam, queriam dizer alguma coisa, mas o transtorno em sua expressão era tão visível que, intimidado, ele só conseguiu gaguejar seu nome:

– Irene, o que você tem? – E, ao ver seus movimentos de impaciência, complementou, aviltado: – Mas o que foi que eu lhe fiz?

Ela o encarou com uma raiva mal dominada:

– O que o senhor me fez? – replicou, rindo com ironia. – Nada! Absolutamente nada! Somente coisas boas! Somente amenidades.

O homem ficou atônito, boquiaberto de espanto, o que acentuava sua aparência ingênua e ridícula.

– Mas, Irene... Irene!

– O senhor não faça cena – ordenou-lhe em tom rude. – E o senhor não me encene nenhuma comédia. Com certeza ela está por perto de novo me espreitando, aquela sua amiga decente, e vai me atacar de novo...

– Quem... mas quem?

O que ela queria mesmo era esmurrá-lo, aquela cara tola, desfigurada. Ela já sentia sua mão agarrada no cabo da sombrinha. Nunca ela tinha desprezado tanto uma pessoa, odiado tanto.

– Mas, Irene... Irene... – gaguejou de novo, confuso. – O que foi que eu lhe fiz?... Você sumiu de repente... Esperei por você dia e noite... Estive o dia inteiro hoje em frente à sua casa esperando para falar um minuto com você.

– Esperando... então... você também. – A raiva estava transtornando-a, ela sentia isso. Esbofetear-lhe a cara... como teria gostado de fazê-lo! Mas conteve-se, olhou-o uma vez mais, numa repulsa violenta, como que refletindo se não deveria insultá-lo, cuspir-lhe na cara a sua ira inteira, reprimida. Mas virou-se inesperadamente e meteu-se no meio daquele amontoado de gente, sem olhar para trás. Ele continuou ali parado, com a mão ainda suspensa em gesto de súplica, trêmulo, desamparado, até que o movimento da rua o compeliu a seguir naquela torrente, como uma folha a cair, que resiste, espiralando e girando em círculos, mas por fim, sem forças, é arrastada, é levada embora pela correnteza do rio.

Parecia-lhe agora irreal e totalmente absurdo que aquele homem tivesse sido seu amante. Ela não conseguia se lembrar de nada, nem da cor de seus olhos ou da forma de seu rosto, nem de suas carícias, e de suas palavras nada mais ressoava nela a não ser aquele suspiroso, afeminado, servil e quase canino "Mas, Irene...", gaguejado em desespero. Em todos aqueles dias ela não tinha pensado e nem mesmo sonhado com ele nem uma única vez, embora ele fosse a origem de todo o infortúnio. Ele não significava nada em sua vida, nem uma sedução, quase nem mesmo uma lembrança. Não podia compreender que um dia seus lábios tivessem beijado sua boca, e sentia-se firme para o juramento de que jamais lhe pertencera. Por que estivera em seus braços, que demência a levara a uma aventura que seu coração não mais entendia e que mal podia explicar racionalmente? Nada mais sabia daquilo, tudo tornou-se estranho naquele episódio, até ela parecia estranha a si mesma.

Mas tudo o mais não teria também se tornado diferente nesses seis dias, nessa semana de horror? O medo corrosivo, como um divisor de águas, desagregara a sua vida, separando-a em seus elementos. As coisas passaram inesperadamente a ter outros pesos, outras medidas, os valores estavam todos trocados e as relações, todas emaranhadas. Era como se até então ela tivesse apenas tateado pela vida, com os olhos semicerrados, os sentimentos em lusco-fusco, e agora tudo de repente estivesse irradiando, com luz própria, numa claridade terrivelmente bonita. Tão próximo de si, ali onde ainda sentia a tepidez de sua respiração, havia coisas em que jamais tocara, mas que significavam sua verdadeira vida, como de súbito entendeu, e outras, que lhe pareciam importantes, desvaneciam-se como fumaça. Até então vivera numa sociedade animada, entre falatórios e mexericos ruidosos dos círculos endinheirados, na verdade dedicara-se exclusivamente a isso, mas agora, depois de uma semana no cárcere de sua própria casa, não sentia falta de nada disso a que renunciara, ao contrário, sentia apenas uma repulsa por aquela ocupação de desocupados. E, com base nesse primeiro sentimento forte que lhe foi dado, passou a medir, involuntariamente, a superficialidade de suas atividades e inclinações anteriores e a falha infinita no investimento do amor. Ela olhava para o seu passado como se contemplasse um abismo. Casada há oito anos, na ilusão de uma felicidade moderada demais, ela nunca se aproximara do marido, desconhecia sua natureza mais íntima, e também a dos próprios filhos. Entre Irene e os filhos havia pessoas pagas. Governantas e criados para subtraí-la de todas as preocupações pequenas, das quais ela somente agora começava a entender – desde que vira mais de perto a vida dos filhos – que eram mais sedutoras que os olhares quentes dos homens e traziam-lhe mais felicidade que o abraço de um amante. Sua vida começava a reorganizar-se lentamente com um novo sentido, com novas relações, e passava a adquirir de repente um aspecto sério e significativo. Desde que conhecera o perigo, e com ele um sentimento verdadeiro, todas as coisas, inclusive as mais estranhas, começaram a tornar-se comuns para ela. Ela percebia-se em tudo, e o mundo, antes transparente como vidro, de súbito, frente à superfície escura de sua sombra, transformou-se em espelho. Onde quer que olhasse ou se pusesse à escuta, havia uma súbita realidade.

Estava sentada com as crianças. A governanta lia em voz alta uma lenda da princesa que podia desfrutar todos os aposentos de seu palácio exceto um, trancado com uma chave de prata, mas ela o abrira, para sua infelicidade. Não era aquele também o seu próprio destino, ao cair em desgraça por ter sido atraída pelo que era proibido? A pequena lenda, que na semana anterior a faria rir por sua simplicidade, parecia-lhe de uma profunda sabedoria. Leu no jornal o caso de um oficial que, vítima de chantagem, acabou tornando-se um traidor. Ela estremeceu ao ler e compreendeu. Afinal, ela também não faria o impossível para conseguir dinheiro e comprar alguns dias de sossego, uma ilusão de felicidade? Cada linha que falasse de suicídio, de crime, de desespero era algo que repentinamente se tornava real para ela. Tudo parecia dizer-lhe "eu", aquele que estava cansado de viver, aquele outro desesperado, a criada seduzida, a criança abandonada, tudo era como se fosse o seu próprio destino. De súbito, sentiu toda a riqueza da vida e teve a certeza de que nunca mais nem mesmo uma hora em seu destino poderia ser pobre. Só agora que tudo parecia acabar, ela sentia um começo. E esse fascinante enredamento com o mundo inteiro e infinito, será que teria condições de ser despedaçado pelos punhos grosseiros daquela mulher leviana? E toda essa grandiosidade e beleza que ela era capaz de sentir pela primeira vez poderiam ser arruinadas por causa de um único erro?

E por que – ela defendia-se cegamente contra uma tragédia em que acreditava, ainda que de forma inconsciente –, por que uma pena tão terrível logo para ela por um delito tão insignificante! Ela conhecia tantas mulheres vaidosas, atrevidas, lascivas, que chegavam a sustentar amantes e em seus braços debochavam de seus próprios maridos; mulheres que faziam da mentira sua morada, e que se tornavam mais bonitas ao dissimularem, mais poderosas nas perseguições, mais sagazes no perigo, ao passo que ela sucumbia, impotente, ao primeiro medo, ao primeiro delito.

Mas seria ela realmente culpada? Em seu íntimo sentia que aquele homem, aquele amante, era um estranho, que ela jamais lhe havia oferecido algo da sua vida real. Nada recebera dele, de si nada lhe dera. Todo esse passado já esquecido não era seu crime, em hipótese alguma, mas sim o crime de uma outra mulher que ela mesma não entendia e de quem ela não conseguia mais se lembrar. Seria de direito pagar por um delito já expiado pelo tempo?

Levou um susto. Percebeu que esse pensamento já não era seu. Quem dissera aquilo? Alguém muito próximo, e foi recente, há poucos dias. Refletiu, e seu espanto não foi menor ao lembrar-se de ter sido o próprio marido a despertar-lhe esse pensamento. Ele acabara de voltar de um julgamento, excitado, pálido e, ele que normalmente era tão lacônico, dissera a ela e aos amigos que por acaso estavam presentes: "Hoje condenaram um inocente." Ao perguntarem-lhe o motivo, ele contara, ainda excitado, que haviam acabado de punir um ladrão por um roubo que teria cometido três anos antes, e, conforme seu entendimento, essa punição era injusta, pois após três anos o crime já não seria mais dele. Punia-se uma outra pessoa e, além disso, duplamente, uma vez que ele já tivera passado esses três anos no cárcere de seu próprio medo, no eterno desassossego de que sua culpa fosse provada.

Lembrou-se, com espanto, que discordara do marido na ocasião. Em sua ignorância da vida real, considerava o criminoso sempre um parasita do bem-estar burguês, que deveria ser erradicado a qualquer custo. Só agora ela percebia como eram lastimáveis os seus argumentos, e como os argumentos do marido eram benevolentes e justos. Mas será que ele também seria capaz de entender que ela não amara uma pessoa, mas sim a aventura? Ele entenderia o fato de que sua bondade em excesso e o farto bem-estar que lhe proporcionava faziam dele seu cúmplice? Seria ele indulgente também ao julgar uma causa própria?

ESTAVA GARANTIDO NO ENTANTO que ela não se entregasse a confortadoras esperanças. Já no dia seguinte chegou mais um bilhete, de novo uma chibatada, que afugentou seu medo esmorecido. Dessa vez exigiam duzentas coroas, que ela deu sem resistência. Alarmou-se com o aumento abrupto da chantagem, a que não poderia acompanhar, pois embora de família abastada ela não teria condições de obter somas maiores de dinheiro sem chamar atenção. E, além do mais, isso adiantaria? Amanhã, estava certa disso, seriam quatrocentas coroas, e logo depois mil, sempre mais, quanto mais ela desse, maior a exigência. Por fim, quando não tivesse mais recursos, viria a carta anônima, o colapso. O que estava comprando era tempo, apenas uma brecha para respirar um pouco, dois ou três dias de descanso, uma semana talvez, mas um tempo terrivelmente sem valor, repleto de tensão e tormento. Havia semanas que dormia intranquila, com pesadelos mais irritantes do que a vigília. Sentia falta de ar, de movimento livre, de tranquilidade, de ocupação. Não podia mais ler, nem fazer coisa alguma, demoniacamente acossada pelo mais profundo medo. Sentia-se doente. Vez por outra via-se obrigada a sentar-se de repente, com o coração a palpitar forte, um peso inquieto preenchia todo o seu corpo com o fluido denso de uma exaustão quase doída, que não a deixava dormir. O medo devorador minava toda a sua existência, envenenava seu corpo. No íntimo, ela ansiava que essa enfermidade irrompesse por fim em uma dor visível, em um mal realmente tangível, clinicamente explícito, que nos outros despertasse a compaixão e a misericórdia. Nessas horas de tormento interno ela invejava os doentes. Como deveria ser bom ficar deitada num sanatório, numa cama branca entre paredes brancas, cercada de compaixão e flores... As pessoas iriam vê-la, seriam todas gentis com ela, e por detrás da nuvem do sofrimento estaria a cura, distante como um grande sol benevolente. Em caso de dor, seria possível ao menos gritar alto, mas ali ela tinha de estar encenando incessantemente a tragicomédia de uma pessoa saudável e feliz, que todos os dias e quase todas as horas enfrentava situações novas e terríveis. Com os nervos a contorcerem-se, ela tinha de mostrar-se sorridente e satisfeita, sem que ninguém desconfiasse do esforço infinito dessa alegria simulada, da força heroica que desperdiçava nessa autoviolação diária e no entanto vã.

    Somente uma das pessoas à sua volta, a seu ver, parecia suspeitar que algo de terrível se passava com ela, e isso porque a vigiava. Ela percebia que ele se ocupava dela sem cessar, e ela fazia o mesmo com ele. Essa certeza a obrigava a duplicar a sua cautela. Eles rodeavam-se dia e noite, como se orbitassem entre si para espreitar o mistério um do outro e ocultar às costas o seu próprio segredo. O seu marido também estava diferente nos últimos tempos. A severidade ameaçadora daqueles primeiros dias inquisitoriais dera lugar a um tipo específico de bondade e de atenção que a fazia recordar involuntariamente o tempo de noivado. Tratava-a como a uma enferma, com um cuidado que a embaraçava, pois sentia-se envergonhada com aquele amor imerecido, e que por outro lado temia, pois podia inclusive significar uma emboscada para, em momento insuspeito, arrancar-lhe das mãos lânguidas o seu segredo. Desde a noite em que a escutara em seu sonho, e desde o dia em que vira a carta em suas mãos, sua desconfiança havia se transformado como que em compaixão. Ele tentava conquistar sua confiança com uma delicadeza que por vezes a apaziguava e quase a levava a ceder, para no momento seguinte dar lugar novamente à suspeita. Seria apenas uma emboscada, o engodo do juiz de instrução criminal frente ao acusado, uma ponte levadiça da desconfiança, que deixaria sua confissão atravessá-la para erguer-se de súbito, deixando-a indefesa e sujeita à arbitrariedade do marido? Ou será que ele também estava com a sensação de que aquele estado de vigilância e escuta se tornara já insuportável, e sua afeição era tão forte que o fazia sofrer junto com o sofrimento dela, cada dia mais visível? Sentia um estranho calafrio nos momentos em que ele parecia oferecer-lhe a palavra redentora, facilitar-lhe a confissão. Ela compreendia sua intenção e reconhecia, agradecida, sua bondade. Mas quanto maior a sua compaixão, maior a sua vergonha diante dele, e essa vergonha, ainda mais do que sua anterior desconfiança, era um enorme obstáculo à sua confissão.

Uma vez, num desses dias, ele falou-lhe muito claramente, e olhos nos olhos. Ela acabara de chegar em casa, e da antessala ouvia vozes altas, a do marido, ríspida e enérgica, e o palavrório turro da governanta, misturado a choros e soluços ruidosos. Sua primeira reação foi de susto. Sempre estremecia ao ouvir vozes altas ou alguma agitação em casa. O medo era a sua resposta a tudo de extraordinário, o medo corrosivo de que a carta já tivesse chegado e o segredo tivesse sido descoberto. Sempre, ao abrir a porta, olhava em primeiro lugar para os rostos à sua volta, perscrutando neles se algo teria acontecido durante o tempo em que estivera fora, se já não teria sobrevindo a catástrofe. Dessa vez, para seu alívio, tratava-se apenas de uma briga de crianças, de um pequeno tribunal improvisado. Uma tia levara há uns dias um brinquedo para o menino, um cavalinho colorido, e a irmãzinha, que recebera um presente menor, invejara-o amargamente. Em vão tentara fazer valer seus direitos, mas com tanta avidez que o irmão acabou se recusando a deixá-la tocar no brinquedo, o que de início provocou gritos de raiva na pequena, depois um silêncio sombrio e obstinado. Mas no dia seguinte o cavalinho simplesmente tinha desaparecido, e nenhuma pista, todos os esforços do menino em vão, até que por acaso o objeto perdido foi descoberto dentro do fogão, com o pelo colorido arrancado, as peças de madeira quebradas e o interior todo revirado. A suspeita obviamente recaiu sobre a pequena. O irmão, aos prantos, foi correndo ao pai para acusar a malfeitora, que não pôde escapar de uma explicação, e logo começou o interrogatório.

Irene sentiu um rasgo de inveja. Por que todas as vezes que as crianças tinham problemas procuravam sempre o pai e não ela? Sempre confiavam todas as suas desavenças e queixas a ele, e ela antes preferia que fosse mesmo assim, pois via-se livre de pequenas amolações, mas agora de repente cobiçava que fosse assim com ela, pois sentia haver nisso amor e confiança.

O pequeno tribunal logo estava resolvido. A criança de início mentiu, baixando naturalmente os olhos por timidez, e com um tremor na voz que a denunciava. A governanta testemunhou contra a menina, dizendo tê-la ouvido ao ameaçar jogar o cavalinho pela janela, o que a criança em vão tentou negar. Foi um pequeno tumulto de soluços e desespero. Irene olhou para o marido, e era como se ele estivesse no tribunal a julgar não a criança, mas o seu próprio destino. Amanhã talvez fosse ela a estar à sua frente, com o mesmo tremor e a mesma falha na voz. Enquanto a criança insistia na mentira, o pai a olhava de forma severa, mas depois foi desmontando a resistência palavra por palavra, sem se zangar a cada recusa da criança em admitir o feito. Mas quando as negações passaram a ficar obstinadas, ele começou a falar-lhe com bondade sobre a necessidade que a levara a agir daquela forma, e de certo modo a desculpou por ter feito algo tão abominável num ímpeto impensado de cólera, sem poder imaginar que iria na verdade magoar o irmão. E de uma maneira tão terna e comovente explicou à menina, cada vez mais abalada, o seu próprio ato como algo compreensível mas condenável, que ela afinal explodiu em lágrimas, em choro selvagem. E logo, coberta por um jorro de lágrimas, ela finalmente confessou, balbuciando.

Irene correu e foi abraçar a menina que chorava, mas foi empurrada com ira pela pequena. O marido também repreendeu aquela compaixão precipitada, pois ele não queria deixar passar o fato impunemente e impôs uma pena à menina, que, embora insignificante, era expressiva para a pequena, ou seja, no dia seguinte ela não poderia ir a uma festa que esperava há semanas. A criança desatou em choro ao ouvir sua sentença. O menino começou a jubilar ruidosamente em triunfo, mas seu escárnio prematuro e hostil foi igualmente castigado, e ele também foi proibido de ir à festa. As duas crianças retiraram-se, tristes e consoladas apenas pelo castigo comum, e Irene continuou na sala sozinha com o marido.

Sentiu ali que aquela era realmente a oportunidade de falar de sua própria culpa, por meio de alusões e escondida atrás da máscara de uma conversa sobre a culpa e a confissão da criança, e teve uma sensação de alívio ao pensar que poderia confessar-se e pedir compaixão, ao menos de forma velada. E se ele acolhesse com benevolência a intercessão que ela agora faria pela filha, seria um sinal de que poderia talvez atrever-se a falar de si.

— Fritz — começou —, você pretende mesmo não deixar as crianças saírem amanhã? Elas vão ficar muito tristes, especialmente a pequena. Não foi assim tão grave o que ela fez. Por que você quer puni-la de forma tão severa? Não tem pena dela?

Ele fitou-a. Sentou-se com vagar. Parecia disposto a tratar o tema em detalhes, e um pressentimento confortável e ao mesmo tempo angustiante a fez imaginar que ele rebateria sua opinião, palavra por palavra. Tudo nela esperava o final da pausa que ele, por intenção ou por excesso de reflexão, estendia muito.

— Se não tenho pena dela, é o que me pergunta? Direi o seguinte: hoje não tenho mais. Agora está fácil para ela, desde que a puni, embora lhe pareça um castigo amargo. Infeliz ela esteve ontem, quando o pobre cavalinho estava quebrado e escondido no fogão, todos na casa à sua procura, e ela o tempo todo com medo de que descobríssemos. O medo é mais maligno que o castigo, pois o castigo, seja qual for, é algo determinado, muito preferível ao terrivelmente indeterminado, esse infinito pavor da aflição. Logo que soube qual seria o seu castigo, sentiu-se mais leve. O choro não deve induzir você a erro: ele apenas saiu, estava antes escondido lá dentro. E dentro ele é muito pior do que do lado de fora. Se ela não fosse uma criança ou se pudéssemos olhar bem no seu íntimo, acredito que a encontraríamos feliz, apesar do castigo e das lágrimas, e seguramente mais feliz do que ontem, quando circulava com aparente despreocupação e sem as nossas suspeitas.

    Ela ergueu o olhar. Era como se cada uma de suas palavras fosse lançada contra ela. Mas ele parecia nem lhe prestar atenção e, de forma ainda mais decisiva, talvez interpretando mal seu movimento, prosseguiu:

– É assim mesmo, acredite em mim. Sei disso do tribunal e dos inquéritos. Os acusados sofrem mais com a dissimulação, com a ameaça da descoberta, com a pressão terrível de terem de defender uma mentira contra mil pequenos ataques em potencial. É horrível ver um caso assim, em que o juiz já tem tudo em mãos, a culpa, as provas, talvez até mesmo o julgamento pronto, só não tem a confissão que está escondida dentro do acusado e não quer sair, por mais que ele tente puxá-la, arrancá-la. É repulsivo ver o acusado a contorcer-se quando é preciso que lhe arranquem de dentro um "sim", como se puxado da carne resistente com um anzol. Algumas vezes a confissão já está bem em cima na garganta, uma força irresistível a empurra de baixo, o acusado engasga, a palavra já a ponto de sair: mas uma força ainda maior e maligna impõe-se sobre o acusado, um incompreensível sentimento de medo e teimosia, e ele a engole de volta. E a luta recomeça. Muitas vezes o juiz sofre mais nessas situações do que a própria vítima. E os acusados o consideram sempre como o inimigo, mas na verdade é quem os ajuda. E eu, como advogado defensor desses acusados, deveria na verdade adverti-los a não confessar, deveria consolidar e reforçar suas mentiras, mas muitas vezes não me atrevo a fazê-lo, pois eles sofrem mais com a negação do que com a confissão e o castigo. Na verdade eu ainda não consigo compreender como alguém pode praticar um ato, ciente de seu perigo, e depois não ter a coragem de confessá-lo. Considero esse medo miúdo da palavra mais condenável do que qualquer crime.

– Você acha que... que é sempre... que é só o medo... que detém as pessoas? Não seria talvez... não seria talvez a vergonha... a vergonha de pronunciar-se... de desnudar-se diante de todos?

Ele olhou-a admirado. Não estava habituado a ouvir dela comentários dessa natureza. Aquelas palavras o fascinaram.

– Vergonha, você diz... mas... a vergonha é também um tipo de medo... mas um medo melhor... não do castigo... mas um medo... sim, eu entendo...

Ele levantou-se, notavelmente agitado, e pôs-se a andar de um lado para outro. Essa ideia parecia tê-lo atingido em algum ponto, de forma a deixá-lo elétrico e tempestuosamente excitado. De súbito, parou.

– Admito... A vergonha diante das pessoas, de desconhecidos... do povoléu que devora o destino alheio nos jornais, como se fosse um pão com manteiga... Mas as pessoas poderiam então confessar ao menos para aqueles que lhe são próximos... Você se lembra daquele incendiário que defendi no ano passado... que desenvolveu uma afeição tão singular por mim... ele me contou tudo, pequenas histórias de sua infância... até mesmo coisas mais íntimas... Veja, ele com certeza tinha cometido o delito, e foi condenado... mas nem a mim assumiu o ato... foi mesmo o medo de que eu pudesse traí-lo... não a vergonha, pois ele confiou em mim... eu era, creio, a única pessoa por quem ele sentira na vida uma espécie de amizade... então também não era vergonha diante de um desconhecido... O que era então, se podia e tinha em quem confiar?

– Talvez – e ela teve de virar-se, pois ele a fitava de tal modo que começava a sentir a voz tremer – talvez... a vergonha seja ainda maior... diante daqueles de quem... de quem nos sentimos mais próximos.

Ele ficou imóvel, como se imobilizado por uma força interior.

– Então você acredita que... que... – e de repente sua voz mudou, tornou-se muito suave e grave – você acha que... Helene teria confessado sua culpa mais facilmente a outra pessoa... à governanta, talvez... que ela...

– Estou convencida disso... se ela foi tão resistente contra você... é exatamente porque... porque o seu julgamento é o mais importante para ela... porque... porque... você é quem ela mais ama...

Ele fez uma nova pausa.

– Talvez... talvez você tenha razão... é isso mesmo... mas é estranho... eu nunca tinha pensado nisso... e é tão simples... Talvez eu tenha sido muito severo, você me conhece... não foi minha intenção. Mas vou lá agora... Claro, ela pode ir... minha intenção era apenas punir a sua teimosia, a sua resistência, e também a sua falta de confiança em mim... Mas você tem razão, não quero que você pense que eu não seja capaz de perdoar... não gostaria que isso acontecesse... ainda menos que você pensasse isso, Irene.

Olhou-a fixamente, e ela notou que enrubescia com seu olhar. Teria sido sua intenção falar daquele modo, ou seria um acaso, uma coincidência pérfida e perigosa? Ela continuava sentindo uma indecisão terrível.

– A sentença foi revogada. – Via-se nele uma atmosfera de alegria. – Helene está livre, e eu mesmo vou anunciar-lhe isso. Está satisfeita comigo agora? Ou tem ainda algum outro desejo?... Como você vê... hoje meu humor está generoso... talvez por estar feliz por reconhecer em tempo uma injustiça. Isso sempre nos alivia, Irene, sempre...

Ela acreditou compreender o sentido daquela entonação. Sem que notasse, aproximou-se dele. Já sentia as palavras brotando dentro de si, e ele adiantou-se também, como se se apressasse para pegar de suas mãos aquilo que visivelmente a atormentava. Deparou-se com seu olhar, um olhar em busca da confissão, em busca de uma parcela do seu ser, uma impaciência abrasadora, e tudo nela se desfez de súbito. Suas mãos caíram extenuadas, e ela desviou-se. Foi em vão, percebia-o, nunca ela conseguiria pronunciar a palavra libertadora, que lhe ardia internamente e devorava a sua tranquilidade. Como um trovão muito próximo, assim soava o alarme, mas ela sabia que não poderia fugir. E no mais secreto de seus desejos ansiava por aquilo que tanto temera, um clarão redentor: a revelação.

SEU DESEJO PARECEU realizar-se mais rápido do que suspeitava. A luta completava agora catorze dias, e Irene sentia-se no final de suas forças. Agora já fazia quatro dias que aquela pessoa não se manifestava. E o medo estava tão entranhado em seu corpo, já a correr junto com o seu sangue, que a qualquer toque de campainha ela se levantava apressadamente para interceptar a tempo, ela mesma, uma mensagem de extorsão. Havia nessa ânsia um nervosismo, quase que um desejo, pois com cada um desses pagamentos comprava uma noite de tranquilidade, algumas horas com as crianças, um passeio. Por uma noite, um dia, ela podia então respirar, sair à rua e ver os amigos. O sono, claro, era sábio; ele não deixava que aquele consolo tão escasso ludibriasse sua certeza da proximidade constante do perigo, e à noite bombeava seu sangue com pesadelos extenuantes de medo.

Ouviu o toque da campainha e num ímpeto apressou-se para ir abrir a porta, por mais que ela soubesse que essa inquietação para se antecipar aos criados poderia despertar suspeitas e ser motivo para conjecturas hostis. Mas essas reflexões prudentes não eram mais do que pequenas e frágeis resistências, pois, ao som do telefone ou, na rua, ao perceber os passos que porventura viessem atrás de si, ou ao sino da porta, seu corpo todo parecia saltar como sob uma chibatada. De novo a campainha a arrancara do quarto para a porta. Abriu-a e, num primeiro momento, viu admirada uma mulher desconhecida; depois, recuou espantada ao reconhecer, nas roupas novas e debaixo de um chapéu elegante, o rosto odioso da chantagista.

– Ah, é a senhora mesmo, sra. Wagner, fico contente. Tenho uma coisa importante para lhe dizer. – E, sem aguardar a resposta da mulher assustada que se apoiava com a mão trêmula na maçaneta da porta, ela entrou, deixou ali sua sombrinha de cor chamativa, uma sombrinha vermelha, que era claramente um primeiro investimento feito com seus saques. Ela movimentava-se com monstruosa segurança, como se estivesse em sua própria casa, e, apreciando a decoração majestosa com satisfação e até mesmo com um certo sossego, continuou, sem ser convidada, em direção à porta entreaberta do salão.

– Por aqui, não é? – perguntou com comportada ironia e, diante do pavor de Irene, que ainda sem condições de falar tentava afastá-la, acrescentou, em tom tranquilizador:

– Se a senhora se sente incomodada, podemos resolver tudo rápido.

Irene seguia-a sem protestar. A ideia de que a chantagista estava em sua própria casa, essa temeridade que ia além das suas piores conjecturas, deixava-a anestesiada. Aquilo tudo parecia-lhe um pesadelo.

– Bonito, tudo muito bonito aqui – disse a mulher, admirada e com visível satisfação, sentando-se. – Ah, como me sinto confortável nesta poltrona. E quantos quadros, hein! É nessa hora que a gente vê como que a vida da gente é miserável. Muito bonita sua casa, muito bonita mesmo, sra. Wagner.

Vendo a criminosa sentada tão confortavelmente em seus próprios aposentos, por fim explodiu em Irene a raiva por estar sendo como que torturada.

– E o que a senhora deseja, sra. chantagista? Atreve-se a perseguir-me até dentro da minha casa! Mas não deixarei que me torture até a morte. Eu vou...

– Não fale tão alto – interrompeu a outra, numa afrontosa intimidade. – A porta está aberta, os criados poderiam ouvi-la. A mim isso não importa. Não tenho nada a negar nem a temer, meu Deus, e afinal na prisão eu não poderia estar pior que agora, nessa minha vida miserável. Mas a senhora, sra. Wagner, deveria ser mais cuidadosa. Antes de tudo, vou fechar a porta, caso a senhora precise se exaltar. Mas já vou logo lhe dizendo que xingamentos não me impressionam.

A energia de Irene, fortalecida um momento pelo ódio, esgotou-se diante do comportamento inabalável daquela pessoa. Ficou parada ali como uma criança à espera da próxima tarefa a ser ditada, ansiosa e quase submissa.

– Então, sra. Wagner, não vou fazer cerimônias. Eu não vou indo bem, como a senhora sabe. Eu já lhe disse isso. E agora estou precisando do dinheiro para o aluguel, que estou devendo já há muito tempo, além de outras coisas. Já é hora de organizar um pouco a minha vida. Por isso vim aqui, simplesmente para que a senhora me ajude com... digamos, com quatrocentas coroas.

– Não posso – gaguejou Irene, chocada com a quantia, e na verdade ela não tinha essa soma em espécie. – Eu realmente não tenho. Já lhe dei trezentas coroas este mês. De onde vou tirar tudo isso?

– Bem, isso se resolve logo, pense um pouco. Uma mulher tão rica como a senhora pode conseguir o tanto de dinheiro que quiser. Tem só que querer. Pense nisso, sra. Wagner, logo, logo dá um jeito.

– Mas eu realmente não tenho essa quantia. Se tivesse, daria com prazer. Mas tanto assim eu realmente não tenho. Eu poderia dar-lhe algo em torno de... cem coroas possivelmente...

– Eu já disse que preciso de quatrocentas coroas. – Jogou essas palavras rudemente, como se ofendida com o despropósito.

– Mas eu não tenho! – gritou Irene, em desespero. E se seu marido chegasse agora, pensou nesse meio-tempo, ele poderia chegar a qualquer momento. – Eu juro que não tenho...

– Trate então de conseguir...

– Não posso.

A mulher olhou-a de cima a baixo, como se quisesse taxá-la.

– Bem... esse seu anel, por exemplo... Se for empenhado, o dinheiro dá certinho. Não entendo tanto assim de joias, claro... Nunca tive um anel... mas acho que com ele daria pra conseguir quatrocentas coroas...

– O anel! – sobressaltou-se Irene. Era seu anel de noivado, o único que ela nunca tirava, e era caríssimo por causa da linda e valiosa pedra preciosa que tinha.

– Ora, por que não? Eu lhe mando a cautela, então a senhora pode resgatar o anel quando quiser. A senhora vai recebê-lo de volta. Não vou ficar com ele. O que uma pobre pessoa como eu faz com um anel nobre como esse?

– Por que me persegue? Por que me atormenta assim? Não posso... eu não posso. A senhora tem de entender isso... Veja bem, eu fiz o que estava ao meu alcance. Isso a senhora tem de entender. Por favor, tenha piedade!

– Ninguém teve piedade de mim. Me deixaram quase morrer de fome. Por que agora eu devo ter piedade de uma mulher tão rica?

Irene queria dar uma resposta enérgica. Mas ouviu uma porta bater, e seu sangue gelou. Devia ser o marido que voltava do escritório. Sem nem pensar, arrancou o anel do dedo e estendeu-o à mulher, que o fez rapidamente desaparecer.

– Não fique com medo. Já vou embora – disse a criatura, ao perceber a angústia indizível no rosto de Irene, alarmada ao ouvir o barulho de passos masculinos na antessala. Ela abriu a porta, cumprimentou o marido de Irene que entrava. Ele olhou-a rapidamente sem muita atenção, e ela sumiu.

– É uma senhora que veio pedir informação – disse Irene, colocando suas últimas forças nessa explicação, assim que a porta batera com a saída da mulher. O momento mais terrível passara. O marido, sem responder, dirigiu-se calado para a sala onde a mesa estava posta para o almoço.

Irene sentia o ar queimando o dedo, ali onde habitualmente ficava o anel. Era como se todos estivessem olhando para aquele lugar nu como para uma cicatriz. Escondeu sua mão durante todo o almoço, mas, ao fazer isso, os seus sentidos exacerbados a ludibriavam, faziam-na crer que o olhar do marido voltava-se incessantemente para sua mão, perseguindo cada um de seus movimentos. Esforçou-se quanto pôde para desviar sua atenção e fazer fluir a conversa com uma série de perguntas. Falou muito com ele, falou também com as crianças, com a governanta, buscando sempre manter acesa a conversa com as pequenas chamas de suas perguntas, mas sentia com frequência faltar-lhe o ar, e a conversa estava sempre a morrer. Ela tentava parecer bem animada, induzindo todos a uma certa alegria, provocando as crianças e instigando-as uma contra a outra, mas elas não riam nem disputavam entre si: em sua exaltação, ela sentia, parecia haver algo de falso, que os outros inconscientemente estranhavam. Quanto mais intensidade ela aí pusesse, menos êxito obtinha. Por fim, extenuada, calou-se.

Também os outros calaram-se. Ela ouvia apenas o leve tinir dos talheres nos pratos e, dentro de si, as vozes torturantes do medo. De repente o marido perguntou:

– Onde você deixou seu anel hoje?

Ela sobressaltou-se. Alguma coisa dentro dela disse em voz alta: "Acabou!" Mas seu instinto ainda resistia. Todas as forças em ação, ela sentia. Para uma frase ainda, uma palavra. Achar ainda uma mentira, uma última mentira.

– Eu... levei-o para polir. E como que fortalecida por essa inverdade, acrescentou com decisão: – Vou buscá-lo depois de amanhã.

Depois de amanhã. Agora estava comprometida. A mentira seria descoberta e ela também, se não desse certo. Agora ela própria estabelecera um prazo, e todo aquele medo perturbador foi perpassado por um novo sentimento, uma espécie de felicidade por saber da proximidade da decisão. Depois de amanhã: agora ela sabia seu prazo, e com essa certeza sentiu um estranho sossego a sobrepor-se ao seu medo. Alguma coisa expandia-se dentro de si, uma nova força, uma força de vida e também de morte.

A CERTEZA DE ESTAR PRÓXIMA de uma decisão começou a infundir-lhe uma claridade inesperada. Seu nervosismo cedeu a uma reflexão ordenada, seu medo foi substituído por um sentimento de calma cristalina que ela mesma desconhecia, e, graças a essa calma, ela passou a ver de repente todas as coisas da sua existência de modo translúcido e em seu verdadeiro valor. Avaliou sua vida e sentiu que ainda tinha um peso grande, pudesse ela mantê-la e intensificá-la nesse novo e elevado sentido que aprendera nos últimos dias com o temor, pudesse ela recomeçá-la, limpa e segura, sem mentiras; sentia-se pronta. Mas para levar uma vida de mulher separada, infiel, maculada pelo escândalo, para isso sentia-se fatigada demais, e também exaurida para prosseguir naquele jogo perigoso de ter de comprar periodicamente sua tranquilidade. Resistir agora, assim pensava, era inconcebível, o fim estava próximo, sentia a ameaça do marido, dos filhos, de todos que a cercavam e, sobretudo, de si mesma. Fugir de um adversário que parecia onipresente era impossível. E a confissão, ajuda garantida, era algo que lhe continuava vedado. Havia uma única saída, mas essa seria sem retorno.

A vida era ainda atraente. Era um daqueles dias elementares de primavera que às vezes rebentam intempestivamente do refúgio fechado do inverno, um dia de céu infinitamente azul, que depois de todas aquelas horas sombrias do inverno tinha se erguido assim tão alto e tão amplo, como se por um sopro de alívio profundo.

As crianças entraram correndo, em roupas claras que usavam naquele ano pela primeira vez, e ela teve de dominar-se para não reagir com lágrimas à alegria esfuziante dos pequenos. Logo que o riso dos filhos silenciou dentro dela com seu eco angustiante, pôs-se a realizar decididamente suas determinações. Em primeiro lugar, iria tentar resgatar o anel, pois, independentemente das decisões do seu destino, nenhuma suspeita deveria recair sobre ela, ninguém deveria ter uma prova concreta da sua culpa. Ninguém, sobretudo as crianças, jamais deveria suspeitar o seu angustiante segredo. Teria de parecer um acaso, pelo qual ninguém responderia.

Ela foi então até uma casa de penhores para empenhar uma joia de herança que quase nunca usava, e assim ter dinheiro suficiente para eventualmente recomprar daquela pessoa o anel comprometedor. Sentindo-se mais segura logo que conseguiu ter o dinheiro em sua bolsa, continuou a caminhar a esmo, ansiando, em seu íntimo, aquilo que ontem ela mais temera: encontrar a chantagista. O ar era suave, e um clarão de sol caía sobre as casas. Algo do movimento entusiástico e veloz do vento, que assanhava a nuvem branca no céu, parecia infiltrar-se no ritmo das pessoas, que pisavam de modo mais ligeiro e leve do que naqueles dias inconsoláveis e sombrios do inverno. Até mesmo ela pensava sentir um pouco disso dentro de si. O pensamento da morte, capturado ontem em voo e não mais libertado da mão trêmula, cresceu terrivelmente e escapuliu de seus sentidos. E então, será mesmo que uma palavra de uma mulher repulsiva como aquela seria capaz de destruir tudo isso, as casas com as fachadas luminosas, esses automóveis zunindo, as pessoas a sorrir e essa sussurrante sensação do sangue a correr nas veias? Será que uma palavra seria capaz de extinguir essa chama infinita que faz o mundo inteiro flamejar em seu coração palpitante? Ela andou, andou muito, mas não mais com o olhar afundado no chão, e sim percebendo tudo abertamente e quase dominada pela ganância de descobrir afinal a mulher que há muito procurava. A vítima procurava agora o caçador. Sentia-se assim, como o animal acuado e mais fraco que, ao sentir-se sem saída, de súbito e por desespero vira-se contra o perseguidor, pronto para o enfrentamento. Ela agora desejava enfrentar a torturadora cara a cara e lutar, com as últimas forças que o impulso de vida confere aos desesperados. De propósito, permaneceu perto da morada onde a chantagista costumava vigiá-la, e chegou a atravessar a rua determinado momento, por ver uma mulher vestida de forma parecida com a outra que procurava. Não era mais pelo anel em si que lutava, pois ele significava unicamente um adiamento, não uma libertação. O que ela desejava mesmo, como um sinal do destino, era aquele encontro. Reaver o anel era para ela como uma decisão de vida ou morte, de poder superior, tomada por sua própria determinação. Mas não via a criatura em lugar algum. Como uma ratazana no buraco, desaparecera no meio da confusão infinita da cidade gigantesca. Desapontada, mas não sem esperança, ela voltou para casa ao meio-dia, para logo depois do almoço recomeçar a busca infecunda. Voltou a percorrer as ruas, e agora que não a encontrou em nenhum canto cresceu-lhe novamente aquele terror a que estava quase desacostumada. Não era mais a pessoa, não era mais o anel que a incomodava, mas sim o mistério medonho de todos aqueles encontros, que a razão era incapaz de explicar. A mulher, como que por magia, sabia seu nome e seu endereço, conhecia todos os seus horários e suas relações domésticas, chegara sempre nos momentos mais sinistros e perigosos, para desaparecer agora de repente no momento mais desejado. Em algum lugar daquela engrenagem colossal ela tinha de estar. Quando queria, estava por perto, mas, quando procurada, tornava-se inalcançável, e essa informidade da ameaça, a incompreensível proximidade da chantagista, muito perto de sua vida mas impossível de se encontrar, levou Irene, já extenuada e impotente, a entregar-se ao medo cada vez mais místico. Era como se forças superiores tivessem conjurado diabolicamente para liquidá-la; nesse enredo prepotente de acasos hostis havia uma espécie de escárnio de sua fraqueza. Nervosa já, com passo febril, corria sem parar pela mesma rua, para cima e para baixo. Como uma prostituta, ela mesma pensou. Mas a pessoa continuava invisível. A escuridão agora resvalava de modo ameaçador, a noite precoce da primavera dissolvia as cores vibrantes do céu num opaco sujo, e a noite desabava desenfreada. Acenderam-se os lampiões nas ruas. A torrente humana fluiu velozmente de volta às casas, toda e qualquer vida parecia desaparecer numa correnteza escura. Ela percorreu ainda algumas vezes a rua, indo e vindo, ainda a espreitar com a última esperança, por fim dirigiu-se para casa. Sentia muito frio.

Cansada, subiu. Ouviu que no quarto ao lado estavam colocando as crianças na cama, mas evitou dar-lhes boa noite, evitou pensar em uma despedida momentânea mas eterna. E para que ver as crianças agora? Para sentir uma felicidade inabalável em seus beijinhos doces? Para sentir o amor em seus rostos iluminados? Para que martirizar-se com uma felicidade já perdida? Cerrou os dentes: não, da vida ela não queria sentir nada mais, nada mais do bom ou do feliz que ela ligava a muitas recordações, já que no dia seguinte, num só golpe, ela teria de rasgar toda essa coesão. Agora ela queria pensar apenas nas coisas repugnantes, odiáveis, vulgares, na fatalidade, na chantagista, no escândalo, em tudo que a impulsionava para o abismo.

A volta do marido interrompeu suas meditações obscuras e solitárias. Amavelmente empenhado em manter uma conversa animada, ele buscou aproximar-se dela com palavras e várias perguntas. Ela via um certo nervosismo nesse desvelo animado e repentino, mas resistia contra qualquer interação, ao se lembrar da conversa do dia anterior. Um medo qualquer a tolhia de criar laços por amor, de deixar-se prender por simpatia. Ele pareceu perceber sua resistência, e de certo modo preocupado. Novamente temerosa de que essa preocupação os aproximasse, deu-lhe logo boa noite.

– Até amanhã – ele respondeu. Então ela voltou às suas meditações.

Amanhã: como estava perto e também infinitamente distante! A noite insone parecia-lhe terrivelmente longa e sinistra. Os ruídos da rua foram aos poucos tornando-se raros, pela luminosidade do quarto ela percebeu as luzes de fora apagarem-se. Algumas vezes acreditou sentir a respiração bem próxima, vinda dos quartos ao lado, a vida de seus filhos, a vida de seu marido e do mundo todo, próximo mas tão distante, quase já desaparecido, mas ao mesmo tempo um silêncio indescritível, que não parecia vir da natureza nem do entorno, mas de seu interior, de uma fonte a segregar, misteriosamente. Sentia-se trancafiada num túmulo, em um silêncio infinito, no céu negro e invisível de seu peito. Vez por outra as horas gritavam um número no escuro, e a noite era inânime, espessa de escuridão. Pela primeira vez, no entanto, acreditou compreender o sentido dessa escuridão interminável e vazia. Agora não pensava mais em despedida e morte, apenas em como nelas poderia refugiar-se poupando ao máximo as crianças e a si da vergonha da exposição. Pensou em todos os caminhos conhecidos que a conduziriam à morte, imaginou todas as possibilidades de se autodestruir, até recordar-se de súbito, com uma espécie de susto contente, que na ocasião em que estivera enferma, com dores lancinantes que lhe causavam insônia, o médico prescrevera-lhe morfina, e na época tomara o veneno doce-amargo em gotas, de um frasco pequenino cujo conteúdo, segundo lhe disseram na ocasião, era suficiente para fazer uma pessoa adormecer suavemente. Ah, não mais ser perseguida, poder descansar, descansar no infinito, não mais sentir a marreta do medo a surrar-lhe o coração! A ideia de adormecer de forma suave atraiu infinitamente a insone, que já sentia nos lábios o gosto amargo, o doce anoitecer dos sentidos. Levantou-se afobada e acendeu a luz. O frasquinho, que logo achou, estava na metade, e ela temia que não fosse suficiente. Vasculhou febrilmente por todas as gavetas até enfim encontrar a receita que possibilitava o preparo de maiores quantidades. Com um leve sorriso, dobrou a receita como se dobrasse uma cédula valiosa: tinha agora a morte em suas mãos. Correu-lhe um calafrio, em meio a uma certa tranquilidade; quis voltar para a cama e, ao passar frente ao espelho iluminado, deparou-se de súbito consigo a sair daquela moldura lúgubre, fantasmagórica, lívida, olhos encovados, envolta na camisola branca como se numa mortalha. Sentiu pavor, apagou a luz, fugiu, gelada, para a cama vazia e permaneceu deitada, em vigília, até o alvorecer.

De manhã queimou suas cartas, organizou várias pequenas coisas, mas evitou tanto quanto possível ver os filhos e tudo o mais que lhe era caro. Queria impedir agora que a vida a ela se ativesse com seduções e prazeres, dificultando ainda mais, por uma hesitação infecunda, a decisão que tomara. E partiu de novo para a rua, a fim de tentar mais uma vez o destino e tornar a encontrar a chantagista. Percorreu incessantemente as ruas, mas agora sem aquele sentimento de tensão que a transtornara no dia anterior. Alguma coisa tornara-se nela extenuada, e não tinha ânimos para continuar a lutar. Caminhou e caminhou sem parar, por duas horas, como a cumprir um dever de consciência. Não avistou a mulher em lugar algum. Mas aquilo não a atingia. Ela quase não desejava mais encontrá-la, pois sentia-se esgotada. Encarava as pessoas, que lhe pareciam todas estranhas, mortas ou de algum modo agonizantes. Tudo à sua volta estava de alguma forma distante e perdido, nada mais lhe pertencia.

Sobressaltou-se num momento apenas. Ao olhar para o outro lado da rua, pensou ter vislumbrado no meio da multidão o olhar do marido, aquele olhar estranho, severo, penetrante, que conhecera apenas há pouco tempo. Perturbada, olhou outra vez, mas a figura desaparecera rapidamente detrás de um carro, e ela acalmou-se ao pensar que a essa hora ele estava sempre ocupado no tribunal. Naquela agitação da busca, perdeu um pouco a noção das horas e chegou atrasada para o almoço. Mas o marido também não estava em seu lugar, como de hábito; ele chegou dois minutos depois e parecia-lhe um pouco nervoso.

Contava as horas para a chegada da noite, e para seu espanto faltavam ainda tantas horas, era admirável como a despedida exigia tão pouco tempo, como tudo parecia valer tão pouco quando se estava certo de que nada daquilo poderia ser levado. Uma espécie de torpor caiu sobre ela. Foi novamente para a rua, andando ao acaso, sem pensar nem olhar, de modo mecânico. Quase foi atropelada num cruzamento. O cocheiro conseguiu estancar os cavalos no último momento, e ela só viu o varal quase em sua face. O cocheiro praguejou rudemente, e ela mal se virou: teria sido uma salvação ou um adiamento? Um acidente teria poupado sua decisão. Continuou andando, cansada: fazia-lhe bem não pensar em nada, somente sentir de maneira confusa o sentimento sombrio do fim, uma névoa lenta a baixar e a encobrir tudo.

Ao erguer o olhar para ver o nome da rua onde estava, estremeceu: em sua errância confusa chegara fortuitamente quase à casa daquele que outrora fora seu amante. Seria um sinal? Talvez ele pudesse ajudá-la, ele teria o endereço daquela mulher. Chegou quase a tremer de alegria. Como não pensara nisso antes, nesse caminho tão simples? Recobrou inesperadamente seus movimentos ágeis, a esperança deu asas aos seus pensamentos pesados, que agora faziam uma trama confusa. Ele tinha de ir com ela até aquela pessoa e dar um fim naquilo tudo. Ele tinha de ameaçá-la para parar com as chantagens, talvez bastasse uma certa quantia de dinheiro para afastá-la da cidade. Ficou sentida de repente por ter destratado o pobre rapaz recentemente, mas ele iria ajudá-la, estava certa disso. Era estranho que essa salvação viesse só agora, agora, na última hora.

Subiu as escadas às pressas e tocou. Ninguém abriu. Escutou: parecia ter ouvido passos silenciosos atrás da porta. Tocou de novo. Silêncio de novo. E de novo um ruído baixinho lá dentro. E então sua paciência acabou: tocou a campainha ininterruptamente, afinal era a sua vida que estava em jogo.

Enfim, algo moveu-se atrás da porta, a fechadura rangeu e abriu-se uma fresta estreita.

– Sou eu – disse ela depressa.

Como se num susto, ele abriu a porta.

– É você... a senhora... minha senhora – balbuciou ele, visivelmente desconcertado. – Eu estava... perdoe-me... eu não estava preparado para... para sua visita... desculpe-me os trajes. – E apontou para as mangas de sua camisa. A camisa estava meio aberta, e não era de colarinho.

– Preciso falar-lhe com urgência... Precisa ajudar-me – disse nervosa, pois ele ainda a deixava de pé no corredor como uma pedinte. – Pode deixar-me entrar e ouvir-me por um minuto? – acrescentou, impaciente.

– Por favor – murmurou ele, atrapalhado e com um olhar esquivo –, eu agora estou... não posso...

– Tem de me escutar. Afinal, é por sua culpa. Tem a obrigação de me ajudar... tem de me conseguir o anel, tem de me ajudar... Ou então diga-me ao menos o endereço... Ela não para de me perseguir, mas agora desapareceu... Você precisa, ouça, precisa me ajudar.

Ele a encarou, atônito. E com isso ela notou que, em sua ânsia, jogava as palavras ali sem nexo.

– Ah, sim... você não sabe... É a sua amante, a anterior, essa pessoa me viu um dia sair de sua casa e desde então passou a perseguir-me, a pressionar-me... Atormenta-me até a morte... Agora tomou-me o anel, e eu preciso reavê-lo. Até hoje à noite preciso reavê-lo, eu disse até hoje à noite... Por favor, me ajude.

– Mas... mas eu...

— Ajuda-me ou não?
— Mas eu não conheço essa pessoa. Não sei de quem está falando. Nunca tive relacionamentos com chantagistas. — Ele chegou a ser quase rude.
— Então... não a conhece. Ela inventou tudo isso assim do vento? E sabe o seu nome e o meu endereço! Talvez também não seja verdade que ela esteja me chantageando. Talvez eu esteja mesmo apenas sonhando.

Deu uma risada estridente. Ele sentiu-se incomodado. Por um momento ocorreu-lhe que ela enlouquecera, de tanto que seus olhos faiscavam. Sua atitude era desequilibrada, suas palavras, absurdas. Angustiado, olhou ao redor.

— Por favor, acalme-se... minha senhora... garanto-lhe que está enganada. Está totalmente fora de questão, deve ser... não, eu mesmo não estou entendendo nada. Não conheço mulheres desse gênero. Os dois relacionamentos que tive nessa minha, como sabe, curta estada aqui, não são dessa natureza... não quero citar nomes, mas... mas isso é tão ridículo... eu asseguro-lhe que deve ser um engano...

— Então você não quer me ajudar?
— Certamente que sim... se eu puder.
— Então... venha. Vamos juntos até ela.
— Até quem? Até ela... quem? — Quando ela lhe segurou o braço, ele voltou a sentir medo de que estivesse louca.
— Até ela... Vai ou não vai me ajudar?
— Certamente que sim... certamente. — Sua suspeita era cada vez maior ante a avidez de sua insistência. — Certamente... certamente...
— Então venha... é um caso de vida ou morte!

Ele segurou-se para não sorrir. Depois, de repente, tornou-se mais formal.

— Perdão, minha senhora... mas no momento não posso... estou dando uma aula de piano... não posso interrompê-la...
— Ah, é... é? — Ela riu debochada. — Então está dando uma aula de piano... em mangas de camisa... Mentiroso!

Num ímpeto, impelida por uma ideia, precipitou-se para dentro da casa. Ele tentou detê-la.

– Então ela também está aqui com você, a chantagista? Afinal, vocês estão juntos nesse jogo. Talvez estejam dividindo tudo o que já me extorquiram. Mas eu quero vê-la. Agora não tenho mais medo de nada.

Ela gritava. Ele segurou-a, mas ela se debateu, soltou-se de seus braços e correu para a porta do quarto.

Uma pessoa que estivera claramente à escuta recuou atrás da porta. Pasma, Irene fitou uma mulher desconhecida e com as roupas um pouco em desordem, que logo desviou o rosto. O amante correra para deter Irene e evitar qualquer infortúnio, pois supunha que ela estivesse realmente louca, mas ela estava já saindo do quarto.

– Perdão – murmurou. Estava totalmente perturbada. Não entendia mais nada, só sentia nojo, um nojo interminável, e muito cansaço. – Perdão – repetiu, diante do olhar intranquilo dele. – Amanhã... amanhã você vai entender tudo... isto é, eu... eu mesma não entendo mais nada.

Falava com ele como se fosse um desconhecido. Não mais se lembrava de ter um dia pertencido àquele homem, e quase não mais sentia o próprio corpo. Agora tudo estava muito mais confuso do que antes. Só sabia de uma coisa: tinha de haver uma mentira em algum lugar. Mas estava cansada demais para pensar, cansada demais para procurar. De olhos fechados, desceu as escadas, como um condenado descendo para o cadafalso.

Ao sair, a rua estava escura. Talvez, passou-lhe pela cabeça, ela esteja agora esperando do outro lado, talvez a salvação venha ainda no último momento. Sentia como se tivesse de juntar as mãos e rezar a um Deus esquecido. Ah, se pudesse comprar apenas mais alguns meses... só mais alguns meses até a chegada do verão, para viver em paz, entre os prados e os campos, fora do alcance da chantagista, somente um verão, mas que fosse tão repleto e pleno que valesse mais do que uma vida inteira! Olhou, ávida, a rua já escura. Supôs ver uma figura à espreita num portão mais adiante, mas, ao aproximar-se, o vulto entrou no corredor profundo e desapareceu. Por um instante pensou reconhecer o marido. Pela segunda vez naquele dia teve medo de encontrar subitamente na rua o marido e seu olhar. Retardou o passo para certificar-se. Mas a pessoa desaparecera no escuro. Continuou caminhando, inquieta, com a estranha sensação de um olhar a queimar-lhe a nuca. Chegou a virar-se uma vez. Mas não viu ninguém.

    A farmácia não era longe. Com um leve calafrio, entrou. O farmacêutico pegou a receita e foi prepará-la. Olhou tudo naquele momento, a balança luzidia, os pesos diminutos, as pequenas etiquetas e, em cima, nos armários, a sequência de essências com os nomes em latim, que, inconscientemente, soletrava com o olhar. Ouviu o tique-taque do relógio, sentiu o aroma especial, um cheiro adocicado e meio untuoso dos medicamentos, e recordou-se de que, quando criança, sempre pedia à mãe para ir apanhar os remédios na farmácia, pois adorava inalar aquele cheiro e olhar todos aqueles cadinhos reluzentes. E lembrou-se, aterrorizada, de que não se despedira da mãe e teve muita pena da pobre mulher. Ela ficaria estarrecida, pensou assustada, mas o farmacêutico já contava as gotas claras que caíam de um recipiente abaulado num frasco azul. Ela viu, imóvel, a morte passar do recipiente para o frasco, e do frasco logo deveria correr em suas veias. Um arrepio gelou-lhe o corpo. Absorta, numa espécie de hipnose, fixou-se naqueles dedos que agora arrolhavam o vidrinho cheio e colavam o rótulo em torno do perigoso recipiente. Todos os seus sentidos estavam tomados e paralisados por aquele pensamento sinistro.

    – Duas coroas, por favor – disse o farmacêutico.

    Ela despertou de seu estado letárgico e olhou ao redor, desorientada. Abriu a bolsa, mecanicamente, para pegar o dinheiro. Encontrava-se ainda num estado onírico, olhou as moedas sem reconhecê-las logo, e demorou a contá-las.

    Nesse instante, sentiu um empurrão no braço e ouviu o tilintar das moedas no balcão de vidro. Uma mão estendeu-se ao seu lado e agarrou o frasco.

    Virou-se, sem pensar. Seu olhar congelou. Era o seu marido que ali estava, com os lábios severamente cerrados. Tinha o rosto pálido, e o suor brilhava em sua fronte.

    Ela estava a ponto de desmaiar e precisou agarrar-se ao balcão. Compreendeu imediatamente que fora mesmo ele que vira na rua e também no portão da casa a espreitá-la. Seu pressentimento estava certo, lembrou-se disso, confusa, naquele instante.

— Venha — disse ele com a voz contida, sufocada.

Fixou nele o olhar e admirou-se, no mais recôndito e profundo de sua consciência, por obedecê-lo. Seus passos acompanhavam-no sem que se desse conta disso.

Caminharam lado a lado pela rua. Não se olharam. Ele continuava segurando o frasco na mão. Parou por um momento e enxugou o suor da testa. Sem pensar e sem perceber, ela também reduziu os passos. Mas não se arriscou a levantar o olhar. Não disseram uma palavra. O ruído da rua ondulava entre eles.

Na escada, deixou-a ir à frente. Como ele não estava a seu lado, seus passos logo começaram a bambear. Ela parou. Ele sustentou-a pelo braço. Ela assustou-se com esse toque e subiu apressadamente os últimos degraus.

Entrou no quarto. Ele seguiu-a. As paredes estavam escuras, mal se podiam distinguir os objetos. Continuaram sem dizer uma palavra. Ele rasgou o rótulo, abriu o frasco, jogou fora o líquido. Atirou com violência o frasco para um canto. Ela sobressaltou-se com o ruído do vidro a quebrar-se.

Continuaram absolutamente calados. Ela percebia como ele se dominava, sentia-o mesmo sem olhar. Por fim ele se aproximou. Perto, cada vez mais perto. Ela entreouvia sua respiração pesada e, com seu olhar estático e como que nublado, via o brilho de seus olhos a faiscar na escuridão do quarto. Esperava ouvir a explosão de sua raiva, tremia ao pensar na dureza do gesto de sua mão ao segurá-la. Seu coração parecia parado, só os nervos vibravam como cordas tesas. Tudo nela aguardava o castigo, chegava quase a desejar a ira do marido. Mas ele estava ainda calado, e, com muito assombro, ela percebeu que sua aproximação era suave.

— Irene — disse ele, e sua voz era de uma singular doçura. — Por quanto tempo vamos ainda torturar um ao outro?

Irrompeu nela então, num só golpe, um soluço convulsivo, irrefreável, como um grito selvagem e irracional, um soluço guardado e reprimido todas aquelas semanas. Parecia que uma mão furiosa a agarrava por dentro e a sacudia com tanta violência que ela cambaleava como se estivesse embriagada, e teria caído se ele não a amparasse.

— Irene, Irene... — ele a acalmava, pronunciando seu nome cada vez mais baixinho, de forma cada vez mais tranquilizadora, como se pudesse aplainar a revolta desesperada dos nervos por meio de um tom de voz cada vez mais terno. Mas, em resposta, ela tinha somente soluços, solavancos selvagens, ondas de dor, que sacudiam seu corpo todo. Ele conduziu-a, carregou o corpo em convulsão para o sofá. Mesmo deitada, os soluços não cediam. O choro convulsivo era como descargas elétricas a sacudi-la, e ondas de tremor e de frio pareciam percorrer o corpo torturado. Retendo, há semanas, a mais insuportável tensão, seus nervos agora estavam dilacerados, e uma dor desabalada espalhou-se pelo corpo insensível.

Extremamente nervoso, ele segurou-lhe o corpo a tremer, pegou suas mãos geladas, beijou-lhe o vestido, a nuca, de modo a seraná-la primeiro, mas depois de modo selvagem, com angústia e paixão; mas o corpo fletido estava ainda em rasgos de contração, e do seu interior continuavam a rebentar ondas de soluços. Ele tocou-lhe o rosto, que estava frio, banhado em lágrimas, e sentiu as veias pulsando nas têmporas. Uma angústia indizível invadiu-o. Ajoelhou-se, para falar mais perto de seu rosto.

— Irene — disse, afagando-a —, por que você está chorando...? Agora... agora que tudo já passou... Por que se atormenta ainda... Você não precisa mais temer... Ela não virá mais, nunca mais...

Seu corpo convulsionou-se de novo, violentamente. Ele segurou-a com firmeza com as duas mãos. Ficou muito angustiado ao sentir aquela dor desesperadora a dilacerar o corpo torturado. Sentiu como se a tivesse assassinado. Continuava a beijá-la e a balbuciar palavras confusas de desculpa.

— Não... nunca mais... eu juro... eu não poderia imaginar que você fosse ficar tão amedrontada... eu só queria chamar você... de volta para o dever... só queria que se afastasse dele... para sempre... e viesse de volta para nós... não tive outro caminho quando soube por acaso... eu não podia falar com você... Acreditei... sempre acreditei que você voltaria... por isso mandei aquela pobre mulher, para incitar você a isso... É uma pobre pessoa, uma atriz desempregada... Ela não queria desempenhar esse papel, mas insisti... entendo, não foi justo... mas queria você de volta... busquei sempre lhe mostrar que eu estava disposto... que eu nada mais queria senão perdoar, mas você não me compreendeu... mas assim... assim tão longe não queria levar você... e acabei sofrendo mais vendo tudo isso... Observei todos os seus passos... só por causa das crianças, sabe?, por causa delas eu tive de forçá-la... mas agora tudo passou... tudo vai ficar bem de novo...

    Ela escutava essas palavras como se estivessem abafadas, vindas de uma distância infinita, a ressoarem perto, mas não as compreendia. Um ruído vinha-lhe de dentro e dominava tudo, um tumulto dos sentidos, onde todos os sentimentos desapareciam. Sentia toques em sua pele, beijos, carícias, e também as próprias lágrimas já frias, mas dentro o sangue estrondava num tom abafado, retumbante, que se avolumava violentamente, e agora trovejava como sinos furiosos. Perdeu os sentidos. Ao despertar, confusa, depois do desmaio, percebeu que a despiam, viu, como se através de muitas nuvens, o semblante compassivo e preocupado do marido. E logo despencou na escuridão profunda, no sono que há tanto desejava, negro, sem sonhos.

AO ABRIR OS OLHOS na manhã seguinte, já estava claro no quarto. E ela sentia essa claridade dentro de si, sentia o próprio sangue sem nuvens, como que purificado por uma tempestade. Tentou lembrar-se do que se passara, mas tudo lhe parecia ainda um sonho. Irreal, leve e livre, era essa a sensação, como se a flutuar em sonho de um quarto a outro, e, para ter a certeza de que estava acordada, apalpou as próprias mãos.

    Levou um susto: em seu dedo brilhava o anel. De súbito estava totalmente desperta. As palavras confusas ouvidas e não ouvidas em meio ao desmaio, o pressentimento anterior que só não ousara nunca tornar-se pensamento ou suspeita, tudo agora se entretecia numa trama clara. De uma só vez compreendeu tudo, as indagações do marido, o espanto do amante... Desenrolavam-se todas as malhas da rede cruel em que se vira enredada. Sentiu vergonha e amargura, seus nervos recomeçaram a tremer, e quase arrependeu-se de ter despertado daquele sono desprovido de sonhos e de medo.

    Ouviu uma risada ao lado. As crianças já estavam de pé e faziam algazarra como pássaros ao alvorecer. Distinguiu claramente a voz do filho e, surpresa, pela primeira vez percebeu sua semelhança com a do pai. Um sorriso suave desprendeu-se de seus lábios e neles repousou. Fechou os olhos, ainda deitada, para apreciar com intensidade tudo aquilo que fora sua vida e agora era também a sua ventura. Algo dentro ainda doía levemente, mas era uma dor prenhe de promessas, ardorosa e branda, semelhante à dor das feridas logo antes de cicatrizarem definitivamente.

Variações em torno do medo

Publicado em 1913, há mais de um século, converteu-se num dos clássicos de Stefan Zweig, marco inicial de um ciclo sobre os abismos do amor.

A longevidade da obra deve-se ao fato de transcorrer no plano da percepção do perigo e da incapacidade para desarmá-lo. Sensações rigorosamente femininas agravadas pela ausência de vilões. Ou pletora de suspeitos.

A própria escolha do título original, *Angst*, revela uma perspicácia semântica incomum para a época: Zweig recusa o sentido de pavor ou horror (*Schreck*) e aflição (*Sorge*), para fixar-se no sentimento de pura angústia. As versões francesa e italiana resultaram em *La peur* e *La paura*, ambas significando, como a brasileira, medo.

Entre 1928 e 1992 foi adaptada cinco vezes para o cinema, duas na Alemanha, duas na França e uma na Itália. Esta última interpretada por Ingrid Bergman e dirigida por Roberto Rossellini, o primeiro filme da dupla que escandalizou Hollywood em 1954 durante as filmagens do vulcânico *Stromboli*. Não há registro de encontros de Hitchcock com Zweig: juntos formariam uma dupla imbatível.

Uma versão teatral encenada no Festival de Salzburgo em 2010 exibiu em sua plenitude a força dramática e as sutilezas psicológicas de um escritor por diversas vezes considerado "superado", *démodé*, porém capaz de transformar o que hoje se entende por "suspense" numa experiência patética entre angústia e desespero.

Carta de uma desconhecida

O FAMOSO ROMANCISTA R. regressava a Viena, no início da manhã, satisfeito após uma viagem de três dias às montanhas. Ao comprar um jornal na estação de trem e passar os olhos pela data, deu-se conta de que era o seu aniversário. Quarenta e um, ocorreu-lhe, o que não o deixou nem satisfeito nem insatisfeito. Folheou brevemente as páginas farfalhantes do jornal enquanto seguia de táxi até seu apartamento. O criado lhe informou que durante a sua ausência recebera duas visitas, além de alguns telefonemas, e lhe entregou numa bandeja a correspondência acumulada. Ele olhou distraído para as cartas e abriu alguns envelopes cujos remetentes lhe interessavam. Deixou por ora de lado uma carta cuja caligrafia não lhe era familiar, e que parecia volumosa. Nesse meio-tempo o chá foi servido, e ele se recostou confortavelmente na poltrona, folheando de novo o jornal e outros papéis; em seguida acendeu um charuto e pegou então a carta que tinha posto de lado.

Eram cerca de vinte páginas escritas de forma apressada, com uma caligrafia feminina desconhecida e agitada – um manuscrito, mais do que uma carta. Apalpou automaticamente o envelope mais uma vez, a fim de verificar se não teria ficado esquecida ali alguma mensagem. Mas o envelope estava vazio e não continha, assim como as próprias folhas, nenhum endereço do remetente ou uma assinatura. Curioso, pensou ele, tomando mais uma vez o manuscrito nas mãos. "A você, que nunca me conheceu" eram as palavras que constavam no alto como epígrafe ou como título. Intrigado, ele se deteve: era endereçado a ele ou a algum homem imaginário? Sua curiosidade foi subitamente atiçada. E ele começou a ler:

Meu filho morreu ontem – durante três dias e três noites, lutei com a morte por essa pequena e delicada existência. Fiquei sentada junto ao seu leito por quarenta horas seguidas, enquanto a gripe epidêmica fazia tremer seu corpo fraco, queimando de febre. Apliquei compressas frias em sua testa ardente, segurei suas mãozinhas inquietas dia e noite. Na terceira noite, desabei. Meus olhos já não podiam mais e se fecharam sem que eu me desse conta. Durante três ou quatro horas dormi sobre a cadeira dura, e foi então que a morte o levou. Ali está ele agora, o pobre e adorado menino, em sua caminha estreita, do mesmo modo como estava no momento de sua morte; fecharam-lhe os olhos, apenas, seus olhos escuros e inteligentes; cruzaram-lhe as mãos sobre a camisa branca, e quatro velas queimam altas nos quatro cantos da cama. Não ouso olhar, não ouso me mover, pois quando as velas bruxuleiam sombras percorrem seu rosto e seus lábios fechados. É como se as suas feições se animassem, e eu seria capaz de acreditar que ele não está morto, que despertaria e me diria com sua voz límpida algo pleno de ternura infantil. Mas ele está morto, sei disso, e não quero voltar a olhar, para não ter esperanças de novo e me desapontar mais uma vez. Sei disso, sei disso, meu filho morreu ontem – agora só tenho a você no mundo, só a você, que não sabe nada a meu respeito, que enquanto isso se diverte com as coisas e as pessoas, sem suspeitar de nada. Só a você, que nunca me conheceu e que eu sempre amei.

Peguei a quinta vela e a trouxe para esta mesa sobre a qual lhe escrevo. Pois não posso ficar sozinha com meu filho morto sem gritar com toda minha alma, e a quem haveria de me dirigir nesta hora cruel senão a você, que sempre foi e continua sendo tudo para mim! Talvez eu não consiga me exprimir com clareza, talvez você não me entenda – minha cabeça está tão pesada, lateja, meus braços e minhas pernas doem tanto. Acho que estou com febre. Talvez já seja a gripe, que bate agora de porta em porta, e seria até melhor assim, pois eu partiria com meu filho e não precisaria pôr um fim aos meus dias. Às vezes uma sombra passa diante dos meus olhos; talvez eu não consiga escrever esta carta até o fim – mas hei de reunir todas as minhas forças para pelo menos uma vez lhe falar; a você, meu amor, você que nunca me reconheceu.

Carta de uma desconhecida

É somente a você que desejo falar; somente a você desejo, pela primeira vez, dizer tudo. Há de conhecer toda a minha vida, que sempre foi sua, mas da qual nunca tomou conhecimento. Só saberá meu segredo, contudo, quando eu estiver morta, quando não houver mais necessidade de que me responda, quando isto que faz meus braços e minhas pernas tremerem de frio e calor ao mesmo tempo tiver enfim me levado. Se por acaso eu sobreviver, rasgarei esta carta e continuarei em silêncio, como antes. Mas se a tem nas mãos saberá que é uma morta quem lhe conta sua vida, uma vida que pertenceu a você, da primeira à última hora. Não tema as minhas palavras; uma morta já não deseja nada, não roga amor, compaixão nem consolo. Só lhe peço isto: que acredite em tudo que lhe será revelado pela dor que sinto e que busca refúgio em você. Acredite em tudo o que digo, é só o que lhe peço: não se mente na hora da morte de seu único filho.

Quero lhe revelar a minha vida inteira, esta vida que começou, na verdade, no dia em que o conheci. Antes disso, não passava de confusão e transtorno, algo em que minha memória nunca mais voltou a mergulhar, uma espécie de porão onde a poeira e as teias de aranha recobrem objetos e pessoas, dando-lhes contornos vagos e dos quais meu coração já nada sabe. Quando você chegou, eu tinha treze anos e morava no mesmo prédio onde você mora hoje, no mesmo prédio onde você tem agora nas mãos esta carta, meu último suspiro; morava no mesmo andar, no apartamento em frente ao seu. Você decerto não se lembra de nós, a pobre viúva de um contador (ela andava sempre de luto) e a menina magra e ainda mal formada que eu era – vivíamos isoladas e como que perdidas em nossa mediocridade pequeno-burguesa. Você talvez nunca tenha ficado sabendo o nosso nome, pois não havia nenhuma placa em nossa porta, e ninguém vinha nos ver, ninguém perguntava por nós. Já faz tanto tempo, quinze, dezesseis anos; não, você decerto não se lembra mais, meu amor, mas eu, ah, eu me lembro apaixonadamente dos menores detalhes. Ainda me lembro como se fosse hoje do dia – não, da hora em que ouvi falar de você pela primeira vez, em que o vi pela primeira vez; e como poderia ser diferente se foi então que o mundo se abriu para mim? Permita-me, amor, que lhe conte tudo, tudo, desde o início; não se canse, eu lhe peço, de ouvir sobre mim por quinze minutos – eu que não me cansei de amá-lo durante toda uma vida.

    Antes de você mudar para nossa casa, sua porta abrigava pessoas detestáveis, vis e briguentas. Mesmo pobres como eram, o que mais odiavam era a penúria dos vizinhos, a nossa, pois nada queríamos ter em comum com sua vida degenerada de pobres sem dignidade. O homem era um beberrão e batia na mulher; acordávamos com frequência no meio da noite com o barulho de cadeiras tombando e de pratos estilhaçados. Certa vez, ela se precipitou escada abaixo, ensanguentada de tanto apanhar e com os cabelos desgrenhados, e atrás dela o bêbado gritava a ponto de os outros vizinhos saírem de seus apartamentos e ameaçarem chamar a polícia. Minha mãe tinha evitado desde o início qualquer relação com eles e me proibia de falar com seus filhos, que não perdiam uma oportunidade de se vingar de mim. Quando me encontravam na rua, perseguiam-me com palavras imundas, e uma vez atiraram bolas de neve tão duras que meu rosto chegou a sangrar. O prédio inteiro odiava essa gente, e quando certo dia algo aconteceu – acho que o homem foi preso por roubo – e eles tiveram que ir embora com suas tralhas, o alívio foi geral. Durante alguns dias o aviso de "aluga-se" ficou pendurado na porta do prédio, depois foi retirado, e logo ficamos sabendo através do zelador que um escritor, um cavalheiro sozinho e tranquilo, havia alugado o apartamento. Foi quando ouvi pela primeira vez seu nome ser pronunciado.

    Ao cabo de alguns dias vieram pintores, estucadores, decoradores e estofadores, a fim de colocar em bom estado o apartamento depois que seus ocupantes imundos tinham partido. Só o que se ouvia eram marteladas, batidas, ruídos de limpeza e raspagem, mas minha mãe se alegrava com isso, e dizia que por fim as sórdidas cenas domésticas tinham terminado. Quanto a você, não cheguei a vê-lo durante o tempo que durou a mudança: todo o trabalho era supervisionado pelo seu criado, esse criado tão elegante, miúdo, grisalho e sério, que a tudo dirigia do alto com uma atitude tranquila e objetiva. Ele nos impressionava muito, em primeiro lugar porque em nosso prédio de subúrbio um criado tão bem-apessoado era novidade absoluta, e em segundo lugar porque ele era extremamente cortês com todos, sem contudo se envolver em conversas com os serviçais como se fossem camaradas. Desde o primeiro dia tratou minha mãe com o respeito reservado a uma dama, e mesmo comigo, que não passava de uma menina, ele era afável e polido. Quando pronunciava o seu nome, era com uma certa reverência, com um respeito excepcional – via-se logo que era mais ligado a você do que os empregados normalmente são aos seus patrões. E como eu o adorava por isso, o bom e velho Johann, ainda que o invejasse por estar sempre perto de você e servi-lo.

Conto-lhe tudo isso, amor, todas essas pequenas coisas, quase ridículas, para que compreenda como você conseguiu desde o início adquirir autoridade sobre a menina apreensiva e tímida que eu era. Antes mesmo que entrasse na minha vida, havia ao seu redor uma espécie de halo, uma aura de riqueza, de singularidade e mistério – todos no pequeno prédio de subúrbio (os que levam uma vida limitada sempre têm curiosidade pelas novidades que se passam diante de sua porta) esperavam com impaciência a sua chegada. E como essa curiosidade que você despertava em mim cresceu quando certa tarde, ao voltar da escola, vi o caminhão de mudança diante de casa! A maior parte dos móveis, os mais pesados, já havia sido levada para cima, agora era a vez dos objetos menores. Fiquei parada na porta, a fim de poder admirar tudo, pois os seus móveis e objetos eram para mim tão diferentes; nunca tinha visto coisa assim. Havia ídolos hindus, esculturas italianas, quadros enormes e deslumbrantes, e então para encerrar vieram os livros, tantos e tão bonitos que eu nunca poderia ter imaginado algo semelhante. Empilhavam-nos diante da porta, e o criado apanhava-os um a um e lhes tirava a poeira cuidadosamente com um espanador. Eu circundava a pilha, curiosa; o criado não me mandou embora, mas também não me encorajou, de modo que não ousei tocar em nenhum livro. Mas teria adorado apalpar o couro macio de alguns deles. Só o que fiz foi lançar um olhar tímido aos títulos: eram em francês, inglês e alguns em línguas que eu não entendia. Teria podido passar horas a contemplá-los, mas então minha mãe me chamou.

Por toda a noite fui forçada a pensar em você, antes mesmo de conhecê-lo. Eu só tinha uns poucos livros baratos, encapados com cartolina velha, que adorava acima de tudo e que relia repetidas vezes. Desde então fiquei obcecada em saber como seria o homem que possuía e lera tantos e tão belos livros, que conhecia todas essas línguas, que era ao mesmo tempo tão rico e tão erudito. Uma espécie de respeito sobrenatural se unia, para mim, à ideia de tantos livros. Eu procurava imaginar a sua fisionomia: via-o como um homem idoso, de óculos, com uma longa barba branca, parecido com nosso professor de geografia, só que mais gentil, bonito e afável – não sei por que eu já tinha então tanta certeza de que você devia ser bonito, embora o imaginasse como um velho. Naquela noite, e ainda sem conhecê-lo, sonhei com você pela primeira vez.

    No dia seguinte você se mudou, mas embora eu espiasse não consegui vê-lo – o que só fez atiçar minha curiosidade. Por fim, no terceiro dia, eu o vi, e como foi profunda minha surpresa ao constatar que você era tão diferente de tudo o que eu havia imaginado, sem nenhuma semelhança com a imagem infantil de Deus Pai que eu criara. Eu fantasiara um bondoso velhinho de óculos, e então você surgiu – você, tal como é ainda hoje, imutável, por quem os anos passam lentamente! Você usava um belo terno esporte marrom-claro e subia a escada com passo ágil e juvenil, dois degraus de cada vez. Levava na mão o chapéu, e foi assim que vi, com indescritível surpresa, seu rosto claro e cheio de vida, e seus cabelos de jovem: cheguei a vacilar de surpresa ao ver como você era novo, bonito, esbelto e elegante. E não é estranho: nesse primeiro segundo eu senti com grande clareza o que todos sentem, tão singularmente, quase com espanto – que há dois homens em você, um jovem ardente e despreocupado, amante dos esportes e da aventura, e ao mesmo tempo, em sua arte, um homem de implacável seriedade, diligente, muito culto e refinado. Senti instintivamente o que todos adivinham ao conhecê-lo: que você leva uma vida dupla, uma vida que tem uma face clara e voltada para o mundo, enquanto a outra, mergulhada na sombra, só você mesmo a conhece – essa dualidade profunda, o segredo da sua existência, a menina de treze anos que eu era pressentiu ao primeiro olhar, magicamente fascinada.

    Compreende, amor, que maravilha, que sedutor enigma você era para mim, uma criança?! Um homem que todos veneravam porque escrevia livros, porque era célebre no mundo dos grandes, descobri-lo de repente nos traços de um jovem de 25 anos, elegante, e com uma alegria de menino! Preciso lhe dizer ainda que desse dia em diante, em nosso prédio, em meu universo pobre de criança, nada mais me interessava além de você, e que, com toda a teimosia e toda a obcecada tenacidade de uma garota de treze anos, eu me voltava para a sua vida, para a sua existência. Eu o observava, observava os seus hábitos, observava as pessoas que vinham à sua casa, e tudo isso, em vez de diminuir a curiosidade que você me inspirava, só fazia aumentá-la, pois a total ambiguidade do seu ser se exprimia com perfeição na diversidade dessas visitas. Chegavam jovens, camaradas seus, com os quais você ria e parecia se divertir muito, estudantes de aparência modesta, e também mulheres que vinham de automóvel, e uma vez o diretor da Ópera, o grande maestro que eu até então só tinha visto de longe no tablado, cheia de reverência – e depois também jovenzinhas que ainda faziam o curso de secretariado e se esgueiravam constrangidas pela porta; em suma, muitas mulheres. Isso não significava, para mim, nada em particular, nem mesmo na manhã em que, ao ir para a escola, vi sair de sua casa uma mulher coberta com um véu – eu tinha só treze anos, e a curiosidade apaixonada com a qual o espiava e observava não sabia, sendo eu uma criança, já ser amor.

Mas eu me lembro bem, meu amor, do dia e da hora em que me apaixonei por você, completamente e para sempre. Eu tinha ido passear com uma colega de classe, e estávamos conversando em frente à porta. Chegou um automóvel, parou, e você saltou do estribo com o seu jeito impaciente e elástico que até hoje me encanta e se dirigiu à porta. Não sei que força inconsciente me fez querer abrir a porta para você, e assim fiquei no seu caminho; por pouco não demos um encontrão. Você me fitou com esse olhar cálido, doce e envolvente que era como uma carícia, sorriu para mim – sim, não posso dizer de outro modo: você me sorriu com ternura e disse, com uma voz doce e quase confidencial: "Muito obrigado, senhorita."

Isso foi tudo, amor, mas a partir desse segundo, desde que senti sobre mim esse olhar doce e terno, passei a ser inteiramente sua. Dei-me conta pouco mais tarde de que esse olhar que abraça, esse olhar que atrai como um ímã, que ao mesmo tempo envolve e despe, esse olhar do sedutor nato, você o dirige a cada mulher que passa por perto, a cada vendedora que o atende em uma loja, a cada criada que lhe abre a porta; dei-me conta de que em você esse olhar não tem nada de consciente, que ele é destituído de vontade ou inclinação, mas que a sua ternura para com as mulheres confere a ele inconscientemente um ar doce e cálido, quando se dirige a elas. Eu, contudo, uma menina de treze anos, não suspeitava disso: estava como que mergulhada em fogo. Acreditei que essa ternura se dirigia a mim, só a mim, e esse único segundo bastou para despertar a mulher na adolescente que eu era, e essa mulher passou a ser para sempre sua.

"Quem é esse?", perguntou minha amiga. Não tive condições de lhe responder de imediato. Era impossível para mim pronunciar seu nome. Desde esse primeiro e único segundo, ele se tornara sagrado, era meu segredo. "Ah, é um senhor que mora aqui no prédio", balbuciei em seguida desajeitadamente. "Mas por que você ficou tão vermelha quando ele olhou para você?", ironizou minha amiga com toda a crueldade de uma menina curiosa. E justamente porque senti que o seu escárnio tocava em meu segredo, o sangue me subiu à face com intensidade ainda maior. O incômodo fez com que eu reagisse de modo grosseiro. "Sua idiota!", exclamei descontrolada; queria estrangulá-la. Mas ela se pôs a rir ainda mais, e de um modo mais zombeteiro, que fez com que me subissem aos olhos lágrimas de raiva impotente. Deixei-a parada ali e subi correndo.

Eu o amei desde então. Sei que as mulheres disseram com frequência essa palavra a você, seu menino mimado. Mas acredite em mim, ninguém o amou tanto — como uma escrava, como um cão — e com tanta devoção como o ser que eu era e que para você continuei sendo, pois nada na Terra se assemelha ao amor secreto de uma menina que vive nas sombras, esse amor tão desinteressado, tão humilde e tão submisso que jamais poderá ser igualado ao amor feito de desejo, inconscientemente exigente, de uma mulher adulta. Somente as crianças solitárias podem guardar para si toda sua paixão: os outros dispersam seu sentimento no convívio social e o embotam em confidências; já ouviram falar muito do amor, já leram muito a respeito e sabem que se trata de um destino comum. Tratam-no como se fosse um brinquedo, vangloriam-se dele, feito os meninos com seu primeiro cigarro. Quanto a mim, porém, eu não tinha ninguém a quem fazer confidências, não tinha ninguém para me instruir e me advertir, era inexperiente e ignorante: precipitei-me no meu destino como para dentro de um abismo. No centro de tudo o que em mim crescia e desabrochava estava você, estavam os sonhos que eu tinha com você, como se fosse alguém familiar: fazia tempo que meu pai tinha morrido; minha mãe era uma estranha, com sua eterna tristeza, esmagada por suas preocupações de viúva que só contava com sua pensão para viver; as colegas de escola, já meio pervertidas, me repugnavam por brincar de modo inconsequente com aquilo que para mim era a paixão suprema – assim, tudo aquilo que nas outras garotas da minha idade era compartilhado e dividido, em mim se avolumava, concentrado e impaciente, e se voltava em sua direção. Você era, para mim – como direi? todas as comparações são insatisfatórias –, você era simplesmente tudo, toda minha vida. Nada existia se não estivesse relacionado a você, nada em minha existência fazia sentido se não estivesse ligado a você. Minha vida inteira se transformou por sua causa. Até então indiferente e medíocre na escola, logo me tornei a primeira da turma. Lia muitos e muitos livros, até tarde da noite, porque sabia que você amava os livros. Comecei, para surpresa da minha mãe, a me dedicar ao estudo do piano com uma persistência quase obstinada, porque achava que você gostava de música. Consertei minhas roupas, para que ficassem apresentáveis aos seus olhos, e a ideia de que meu velho avental escolar (tratava-se de um vestido caseiro reformado da minha mãe) tivesse um remendo quadrado do lado esquerdo era para mim odiosa. Eu temia que você reparasse nele e me desprezasse, e por isso segurava sempre minha pasta junto ao peito enquanto subia correndo a escada. Mas era pura tolice: você nunca, ou quase nunca, voltou a olhar para mim.

E ainda assim eu não fazia outra coisa o dia inteiro além de esperar por você e observá-lo em segredo. Em nossa porta havia um pequeno olho de latão, e através da abertura redonda era possível ver o que se passava à sua porta. Essa abertura – não, não ria, amor; nem mesmo hoje eu me envergonho das horas que passei ali! – era para mim o olho com o qual eu explorava o mundo. Ali, no vestíbulo gelado, temendo que minha mãe suspeitasse de algo, durante meses e anos, um livro nas mãos, eu ficava sentada tardes inteiras a espiar você, retesada como a corda de um instrumento e igualmente vibrante quando sua presença a fazia soar. Eu estava sempre perto de você, sempre à espera e em movimento, mas você não tinha mais consciência disso do que da tensão da mola no relógio em seu bolso, contando no escuro as horas para você, acompanhando seus passos com um palpitar inaudível e merecendo apenas uma vez em milhões de segundos um olhar apressado seu. Eu sabia tudo a seu respeito, conhecia todos os seus hábitos, cada uma das suas gravatas, cada um dos seus ternos; logo já reconhecia e distinguia cada um dos seus visitantes, que dividi em duas categorias: aqueles com os quais simpatizava, aqueles com os quais antipatizava. Dos treze aos dezesseis anos, dediquei cada hora da minha vida a você. Ah, que loucuras não cometi! Beijei a maçaneta da porta que sua mão havia tocado, roubei uma ponta de charuto que você jogou fora antes de entrar e que passou a ser sagrada para mim, pois seus lábios tinham encostado nela. Centenas de vezes desci até a rua à noite, sob um pretexto qualquer, para ver que cômodo do seu apartamento estava iluminado e assim sentir de forma mais concreta sua presença, sua invisível presença. E durante as semanas em que você saía em viagem – meu coração parava de bater, apavorado, quando eu via o bom Johann descer com sua maleta amarela –, durante essas semanas minha vida ficava morta e sem sentido. Eu andava de um lado para outro taciturna, entediada e irritada, tomando cuidado para que minha mãe não percebesse o desespero nos meus olhos vermelhos de tanto chorar.

Sei que estou contando aqui exaltações grotescas e loucuras pueris. Deveria me envergonhar delas, mas não me envergonho, pois em nenhum outro momento o meu amor por você foi mais puro e apaixonado do que no tempo desses excessos infantis. Eu poderia lhe falar durante horas, durante dias inteiros, sobre como vivia, então, com você – que no entanto mal conhecia meu rosto, pois todas as vezes que eu o encontrava na escada e não havia como evitá-lo eu passava às pressas, a cabeça baixa, com medo dos seus olhos ardentes, como alguém que vai correndo se atirar dentro d'água para não se queimar. Eu poderia lhe falar durante horas, durante dias inteiros, desses anos que você esqueceu já faz muito tempo. Poderia desenrolar todo o calendário da sua vida, mas não quero aborrecê-lo, não quero atormentá-lo. Quero apenas lhe revelar ainda o acontecimento mais belo da minha infância, e lhe peço que não zombe de sua insignificância, pois para mim, que era uma menina, foi como o infinito. Deve ter sido um domingo. Você estava viajando, e seu criado arrastava de volta pela porta aberta do apartamento os pesados tapetes que tinha acabado de bater. O bom homem executava a tarefa com dificuldade, e num excesso de audácia fui lhe perguntar se não poderia ajudá-lo. Ele ficou surpreso, mas me deixou ajudar, e foi assim que vi – ah! gostaria de poder lhe dizer com que respeitosa e pia adoração! – o interior de seu apartamento, seu universo, a escrivaninha à qual você se sentava para escrever e sobre a qual havia um punhado de flores num vaso de cristal azul. Seus móveis, seus quadros, seus livros. Foi apenas um olhar furtivo sobre a sua vida, pois o fiel Johann teria decerto proibido um exame atento, mas sorvi com esse rápido olhar toda aquela atmosfera, que nutriu os sonhos infinitos que você habitava em meu sono e em minha vigília.

Esse breve minuto foi o mais feliz da minha infância. Eu quis contá-lo para que você, que não me conhece, comece por fim a compreender como uma vida inteira se passou dependendo da sua. Quis contá-lo, assim como aquela outra hora, terrível, que infelizmente foi vizinha da primeira. Por sua causa eu havia – e já lhe disse isso – esquecido tudo, não me preocupava com minha mãe ou com quem quer que fosse. Não notei que um senhor de certa idade, um comerciante de Innsbruck, que era parente distante da minha mãe por casamento, vinha vê-la com frequência e de bom grado se demorava. Ao contrário, eu só tinha motivos para me alegrar com isso, pois ele às vezes levava mamãe ao teatro, e assim eu podia ficar sozinha, pensar em você e observá-lo, o que era minha mais elevada felicidade – minha única felicidade. Um dia, minha mãe me chamou ao seu quarto com certa formalidade, dizendo que precisava conversar seriamente comigo. Empalideci, e meu coração disparou: estaria ela suspeitando de algo? Teria adivinhado? Meu primeiro pensamento foi você, o segredo através do qual eu me ligava ao mundo. Mas minha mãe estava ela própria constrangida. Beijou-me – o que jamais fazia – com carinho, uma vez, duas, puxou-me para perto de si no sofá e começou a me contar, hesitante e tímida, que seu parente – tratava-se de um viúvo – a havia pedido em casamento e que ela estava decidida, sobretudo por minha causa, a aceitar. O sangue, quente, voltou-me ao coração: um só pensamento surgiu, um pensamento dirigido a você. "Mas continuamos morando aqui?", mal consegui balbuciar. "Não, vamos nos mudar para Innsbruck, onde Ferdinand tem uma bela *villa*." Depois disso, não ouvi mais coisa alguma. Minha vista escureceu. Mais tarde fiquei sabendo que desmaiei; escutei minha mãe contar em voz baixa ao meu futuro padrasto, que aguardava atrás da porta, que eu havia de repente recuado com as mãos estendidas e desabado como se fosse de chumbo. O que se passou nos dias seguintes e como eu, uma criança impotente, resisti à vontade superior deles, não terei condições de lhe contar: o simples fato de pensar no assunto faz minha mão tremer, enquanto lhe escrevo. Como não podia revelar meu verdadeiro segredo, minha resistência parecia ser motivada apenas pela teimosia, pela maldade e pelo despeito. Ninguém me dizia mais coisa alguma, e tudo se passava pelas minhas costas. Aproveitavam as horas em que eu estava na escola para preparar a mudança: quando eu voltava para casa, notava dia após dia o desaparecimento de mais um objeto, retirado ou vendido. Desse modo, vi o apartamento se desfazer peça por peça, e assim também minha vida; certo dia, quando voltei para casa na hora do almoço, os responsáveis pelo transporte dos móveis tinham vindo e levado tudo. Nos cômodos vazios encontravam-se as malas já prontas, bem como duas camas de campanha para minha mãe e para mim: dormiríamos ali por mais uma noite ainda, a última, e no dia seguinte partiríamos para Innsbruck.

Nesse último dia senti, com súbita determinação, que não poderia viver longe de você. Não existia salvação além de você. Eu jamais poderia dizer como me ocorreu essa ideia e se eu de fato conseguia pensar com clareza nesses momentos de desespero, mas de repente – minha mãe havia saído – levantei-me e, vestida como estava, com minhas roupas de colegial, fui vê-lo. Não, é incorreto dizê-lo desse modo: foi, antes, uma força magnética que me empurrou na direção da sua porta, as pernas rígidas e as articulações trêmulas. Como disse, não sabia exatamente o que queria: jogar-me aos seus pés e lhe implorar que me recebesse como criada, como escrava, e temo que você venha a sorrir diante desse fanatismo inocente de uma jovem de quinze anos; mas não haveria de sorrir, amor, se soubesse em que estado eu me encontrava então, ali fora, no corredor gelado, rígida de medo e no entanto empurrada adiante por uma força extraordinária. E como arranquei, por assim dizer, meu braço trêmulo do meu corpo, e – foi uma luta que durou a eternidade de alguns segundos atrozes – meu dedo apertou o botão da campainha. Ainda hoje ressoa em meus ouvidos esse barulho estridente, e depois o silêncio que se seguiu, enquanto meu coração aguardava imóvel, meu sangue congelado nas veias, e eu só esperava que você viesse.

Mas você não veio. Ninguém veio. Você havia saído naquela tarde, sem dúvida, e Johann também estava fora, a serviço. Titubeante, com o ruído morto da campainha latejando em meus ouvidos, voltei ao apartamento destruído e vazio e me atirei, esgotada, sobre uma manta, como se aqueles quatro passos tivessem sido uma caminhada de horas sobre a neve alta. Mas sob esse esgotamento queimava ainda a resolução sempre ardente de vê-lo e de lhe falar antes que me arrancassem dali. Não havia ali, juro, nenhuma intenção carnal. Eu era ainda ignorante, justamente por não pensar em mais nada além de você: só queria vê-lo, uma vez mais, e a você me agarrar. Durante toda a noite, durante toda a longa e terrível noite, esperei por você, amor. Assim que minha mãe foi para a cama e adormeceu, eu me esgueirei até o vestíbulo, atenta ao momento em que você voltasse para casa. Esperei a noite toda, e era uma noite gelada de janeiro. Eu estava cansada, meus braços e minhas pernas doíam, não havia mais uma cadeira onde me sentar: então me deitei sobre o chão frio, onde passava a corrente de ar da porta. Fiquei estendida ali, gelada, o corpo moído, vestida com uma roupa leve pois não havia levado uma coberta, não queria me aquecer com medo de adormecer e não ouvi-lo chegar. Eu sentia muita dor; apertava os pés um contra o outro convulsivamente, meus braços tremiam; o tempo todo era obrigada a me levantar, tamanho o frio que fazia naquela escuridão atroz. Mas eu esperava, esperava, eu esperava por você como pelo meu destino.

Por fim – deviam ser duas ou três horas da manhã – ouvi a porta da rua se abrir, lá embaixo, e em seguida passos subindo a escada. De súbito o frio havia me abandonado. Um vivo calor tomou conta de mim e eu abri com delicadeza a porta, para correr até você e me jogar aos seus pés. Ah! Não sei o que teria feito, criança tola que era. Os passos se aproximaram, o lume de uma vela serpenteou na escada. Eu segurava trêmula a maçaneta da porta: era mesmo você quem chegava assim?

Sim, era você, amor, mas não estava sozinho. Ouvi um riso suave e alegre, o farfalhar de um vestido de seda e a sua voz falando baixo. Você voltava para casa com uma mulher...

Como pude sobreviver a essa noite, não sei. No dia seguinte, às oito horas, levaram-me para Innsbruck; eu não tinha mais forças para resistir.

MEU FILHO MORREU ontem à noite – daqui em diante estarei só novamente, se de fato continuar a viver. Amanhã virão homens desconhecidos, grosseiros, vestidos de negro, e trarão um caixão, onde hão de deitar meu pobre e único filho. Talvez venham também amigos trazendo grinaldas, mas de que adianta pôr flores sobre um caixão? Eles hão de me consolar, hão de me dizer muitas palavras – palavras, palavras; que ajuda poderão me trazer? Eis-me só mais uma vez, sei disso. E não há nada mais terrível do que estar só entre as pessoas. Dei-me conta disso durante aqueles dois anos intermináveis, dos dezesseis aos dezoito, em Innsbruck, onde vivi como prisioneira, como pária, no seio da minha família. Meu padrasto, um homem muito calmo e de poucas palavras, era bom para mim. Minha mãe atendia a todos os meus desejos, como que para reparar sua consciência pesada. Vários jovens me rondavam ansiosos, mas eu os repelia a todos com apaixonada obstinação. Não queria viver feliz e contente longe de você, mergulhava num universo sombrio feito de solidão e de tormentos que impunha a mim mesma. Os belos vestidos novos que compravam para mim, eu não os usava. Recusava-me a ir aos concertos ou ao teatro, ou a participar de passeios em alegres grupos. Mal saía de casa: você acredita, amor, que nessa cidadezinha onde vivi durante dois anos eu não conheço dez ruas? Eu estava de luto, e queria estar de luto. Sentia-me embriagada com cada privação que acrescentava à privação de vê-lo. E sobretudo não queria que me distraíssem da minha paixão, que era viver em você apenas. Ficava sentada em casa sozinha durante horas, durante dias, sem fazer nada além de pensar em você, sem cessar, lembrando-me das pequenas recordações suas que eu tinha, cada encontro e cada espera, recriando esses breves episódios como no teatro. E foi por ter evocado cada segundo de meu passado inúmeras vezes que minha infância ficou gravada a fogo em minha memória, foi por isso que ainda hoje cada minuto daqueles anos revive em mim com tanto calor e emoção como se tivesse percorrido ontem mesmo meu sangue.

Vivia somente em você então. Comprava todos os seus livros; quando seu nome saía no jornal, era para mim dia de festa. Você acredita que sei de cor cada linha dos seus livros, tantas foram as vezes que os reli? Se durante a noite me despertassem do sono e pronunciassem diante de mim uma linha solta dos seus livros, eu poderia ainda hoje, depois de treze anos, completá-la, como num sonho: cada palavra sua era para mim um evangelho e uma oração. O mundo inteiro só existia na medida em que tivesse alguma relação com você: eu acompanhava os concertos e as estreias nos jornais de Viena só para me perguntar quais deles poderiam lhe interessar, e quando a noite chegava, acompanhava-o de longe, dizendo a mim mesma: agora ele entra na sala, agora ele se senta. Sonhei isso mil vezes, porque o havia visto uma vez, apenas uma vez, num concerto.

Mas por que contar-lhe tudo isso, esse fanatismo furioso desencadeado contra mim mesma, o fanatismo tão tragicamente desesperado de uma criança abandonada? Por que contar a alguém que nunca suspeitou de nada disso, que nunca soube de nada? E no entanto era eu ainda uma criança? Fiz dezessete anos, depois dezoito – os jovens começaram a olhar para mim e só conseguiam me exasperar com isso. Pois o amor, ou mesmo apenas um jogo imaginário com o amor, envolvendo qualquer um que não fosse você era para mim tão inconcebível e tão estranho que a mera tentação já teria parecido um crime. Minha paixão por você permanecia a mesma, só que ela se transformava com meu corpo: com meus sentidos agora mais despertos, a paixão se tornava mais ardente, concreta, feminina. E aquilo de que a criança não tinha consciência, em sua determinação ignorante e confusa, a criança que apertara antes a campainha da sua porta, esse era agora meu único pensamento: entregar-me a você, abandonar-me a você.

As pessoas ao meu redor pensavam que eu fosse medrosa e me julgavam tímida (eu mantinha meu segredo obstinada). Mas formava-se em mim uma determinação férrea. Todos os meus pensamentos e esforços se voltavam para um único objetivo: regressar a Viena, retornar para perto de você. E consegui impor minha vontade, por mais insensata, por mais incompreensível que ela fosse aos olhos dos outros. Meu padrasto era rico e me tratava como se fosse sua própria filha. Porém, com uma obstinação feroz, eu insistia em querer ganhar minha vida eu mesma, e consegui por fim voltar a Viena, para a casa de um parente, como empregada de uma grande loja de confecção.

Preciso lhe dizer qual foi o primeiro lugar aonde me conduziram meus passos quando, numa noite enevoada de outono – enfim! enfim! –, cheguei a Viena? Deixei minha mala na estação e me meti num bonde – com que lentidão ele parecia avançar! cada parada me exasperava –, e corri até diante do prédio. Suas janelas estavam acesas, meu coração batia com força. Foi só então que a cidade começou a viver, a cidade cuja balbúrdia até aquele instante me parecera tão estranha e tão sem sentido, e foi só então que eu voltei a viver, sabendo que você, meu sonho eterno, estava perto de mim. Eu não suspeitava de que não estava mais longe do seu pensamento quando havia vales, montanhas e rios entre nós do que nesse momento em que tudo o que havia entre você e o meu olhar brilhante era o fino vidro iluminado da sua janela. Eu olhava lá para cima, sempre lá para cima: lá havia luz, era a sua casa, era onde estava você, onde estava o meu mundo. Por dois anos eu havia sonhado com esse momento, agora me era dado vivê-lo. Durante toda a noite, longa, suave e encoberta, fiquei parada diante das suas janelas, até a luz se apagar. Só então me recolhi.

Todas as noites eu voltava. Até as seis horas trabalhava na loja, um trabalho árduo e cansativo, mas que eu adorava, pois essa agitação me impedia de sentir de modo tão doloroso a minha própria. E assim que as portas de ferro se fechavam atrás de mim eu corria para o meu adorado destino. Vê-lo uma vez que fosse, encontrá-lo uma vez que fosse, esse era meu único desejo – poder mais uma vez envolver de longe seu rosto com meu olhar. Ao cabo de uma semana mais ou menos, por fim o encontrei, num momento em que menos esperava: enquanto observava suas janelas lá em cima, você atravessou a rua. E de repente voltei a ser a menina de treze anos, senti o sangue me subir ao rosto e involuntariamente, apesar do meu mais íntimo desejo de ver seus olhos, baixei o rosto e passei correndo diante de você. Depois envergonhei-me dessa fuga de colegial, pois agora minha vontade era bem clara: queria encontrá-lo, buscava você, queria conhecê-lo depois de todos aqueles penosos anos. Queria que você me desse sua atenção, queria que me amasse.

Durante muito tempo, contudo, você não me notou, ainda que todas as noites, mesmo em meio às tempestades de neve e sob o vento intenso e cortante de Viena, eu fosse ocupar o meu posto na sua rua. Com frequência eu esperava em vão durante horas, com frequência você saía finalmente de casa acompanhado de visitas. Duas vezes eu o vi também acompanhado de mulheres e percebi que eu havia crescido; senti o caráter novo e diferente do meu sentimento por você na súbita emoção que meu coração experimentava e que me rasgava a alma quando via uma mulher estranha entrar no prédio, segura, de braços dados com você. Não me surpreendia. Já conhecia, desde a infância, suas eternas visitantes, mas agora isso me provocava, de súbito, uma espécie de dor física, e algo se tensionava em mim, feito ao mesmo tempo de hostilidade e inveja, na presença dessa intimidade carnal manifesta com outra mulher. Um dia não me aproximei da sua casa, infantilmente orgulhosa como era e como talvez ainda seja. Mas como foi terrível para mim essa noite de orgulho e de revolta! Na noite seguinte voltei humildemente ao meu posto, esperando, esperando, como sempre esperei diante de sua vida, que para mim estava sempre cerrada.

E por fim, certa noite, você reparou em mim. Eu já tinha visto você de longe e concentrava toda minha determinação em não me desviar do seu caminho. O acaso quis que um carro que estava sendo descarregado obstruísse a rua, e você fosse obrigado a passar bem perto de onde eu estava. Seu olhar distraído pousou involuntariamente em mim, para logo em seguida, encontrando a atenção do meu próprio olhar – ah! como essa lembrança me aterrorizou! – tornar-se aquele olhar que você dedica às mulheres, aquele olhar terno, envolvente e ao mesmo tempo penetrante até a carne, esse olhar abrangente e conquistador que, pela primeira vez, fez da menina que eu era uma mulher e uma amante. Durante um ou dois segundos, esse olhar sustentou o meu, que não queria nem podia se desviar dele – e então você se foi. Meu coração batia forte: fui, sem querer, obrigada a diminuir o passo, e como me virei com uma irresistível curiosidade vi que você tinha parado e me acompanhava com os olhos. Pelo modo como você me observava, com uma curiosidade interessada, compreendi de imediato: não me havia reconhecido.

Você não me reconheceu – nem naquele dia, nem jamais. Jamais. Como eu poderia, amor, descrever-lhe a desilusão que experimentei naquele instante? Eu sofria pela primeira vez essa dor fatal de não ser reconhecida por você, essa dor fatal que me acompanhou a vida inteira e com a qual eu morro: continuar sendo uma desconhecida, continuar sendo sempre uma desconhecida para você. Como poderia descrever-lhe essa desilusão! Pois, veja, durante aqueles dois anos em Innsbruck, quando pensava constantemente em você e não fazia outra coisa além de sonhar com o nosso primeiro reencontro quando voltasse a Viena, eu havia imaginado, de acordo com meu estado de espírito, as situações mais loucas, bem como as mais extasiadas. Tudo estava, se posso dizê-lo, sonhado de antemão; eu havia imaginado momentos sombrios em que você haveria de me rejeitar, em que haveria de me desprezar, porque eu era insignificante demais, feia demais, inoportuna demais. Todas as formas possíveis do seu desagrado, da sua frieza, da sua indiferença, eu imaginei todas elas em visões apaixonadas – mas nem mesmo nos momentos mais sombrios, na consciência mais profunda de minha insignificância, eu ousara considerar aquela eventualidade, a mais terrível de todas: que você jamais tivesse notado a minha existência. Hoje compreendo – ah, você me fez compreendê-lo! – que o rosto de uma jovem, de uma mulher, é para um homem necessariamente um objeto muito variado; na maior parte das vezes não passa de um espelho, onde se reflete ora uma paixão, ora uma infantilidade, ora uma lassidão, e se apaga tão rápido como se fosse de fato um reflexo; que um homem pode sem dificuldade esquecer o rosto de uma mulher, ainda mais porque a idade altera as sombras e a luz, e as roupas novas o enquadram de modo diferente. As resignadas, eis as mulheres que possuem a verdadeira ciência da vida. Mas eu, a jovem que eu era então, não conseguia compreender que você me houvesse esquecido; não sei como, de tanto me ocupar de você desmesurada e incessantemente, uma ideia quimérica se havia formado em mim – a de que você pensava com frequência em mim e me aguardava; como eu teria podido continuar a respirar se tivesse certeza de que não era ninguém para você, de que não tinha lugar em sua memória? E esse doloroso despertar diante do seu olhar, mostrando-me que já nada em você me conhecia, que nenhum fio de memória unia a sua vida à minha, essa foi para mim uma primeira queda na realidade, um primeiro pressentimento do meu destino.

Você não me reconheceu então. E quando, dois dias mais tarde, na ocasião de um novo encontro, seu olhar me envolveu com certa familiaridade, tampouco me reconheceu como aquela que tanto o amara e em cujo coração você despertara a vida, mas simplesmente como a bela garota de dezoito anos que dois dias antes, no mesmo lugar, cruzara o seu caminho. Fitou-me com uma surpresa amável, e um leve sorriso brincou ao redor da sua boca. Mais uma vez passou por mim, e mais uma vez diminuiu de imediato sua marcha: comecei a tremer, exultante, rezando para que falasse comigo. Senti que pela primeira vez eu existia para você: também diminuí o passo, e não me esquivei. E de súbito senti sua presença às minhas costas, mesmo sem me voltar; soube que pela primeira vez ouviria sua adorada voz dirigir-se a mim. A espera em mim era como uma paralisia, e eu temia ser obrigada a me deter, de tão forte que batia o meu coração – ali estava você ao meu lado. Dirigiu-se a mim daquele seu jeito descontraído e alegre, como se fôssemos amigos de longa data – ah, você não tinha a menor ideia de quem eu poderia ser, e jamais soube nada a respeito da minha vida! –, falou comigo de modo tão encantadoramente natural que até consegui lhe responder. Caminhamos juntos ao longo de toda a rua. Depois você me perguntou se eu gostaria de ir jantar. Falei que sim. Como teria ousado recusar?

Comemos juntos num pequeno restaurante – você sabe onde? Ah, não; para você, aquela noite não foi diferente de tantas outras. E quem era eu para você? Uma entre centenas, uma aventura numa eterna sucessão de aventuras. Ademais, que lembranças minhas você poderia guardar? Eu falava muito pouco, pois era uma felicidade infinita tê-lo perto de mim e ouvi-lo falar comigo. Não queria desperdiçar um só momento com uma pergunta ou com palavras tolas. Hei de me lembrar sempre com gratidão desses momentos, do modo como você correspondeu ao que esperava a minha apaixonada veneração. De como foi delicado, gentil e discreto, sem jamais se mostrar inoportuno, evitando as carícias apressadas e agindo desde o primeiro momento com uma familiaridade segura e amigável. Sua atitude parecia digna de tanta confiança que você me teria conquistado por completo, não fosse eu já sua com toda minha vontade e todo meu ser. Ah, você não sabe o admirável feito que realizou, naquela noite, ao não decepcionar cinco anos de expectativa infantil!

Já estava tarde, e partimos. À porta do restaurante, você me perguntou se eu estava com pressa ou se tinha tempo. Como eu poderia deixar de lhe dizer que estava à sua disposição? Respondi que ainda tinha tempo. Então você me perguntou, após uma leve hesitação, se eu não gostaria de ir até a sua casa por um momento, para conversarmos. "Com prazer", falei, com toda a naturalidade do meu sentimento, e notei de imediato que a rapidez dessa aceitação surpreendeu-o, embora eu não soubesse dizer se o desconcertava ou alegrava. Hoje compreendo essa surpresa; sei que o comum com as mulheres, mesmo quando sentem um desejo ardente de se entregar, é negar essa inclinação, simular um receio ou uma indignação que exige ser aplacada por insistências, mentiras, juramentos e promessas. Sei que talvez apenas as profissionais do amor, as prostitutas, respondam a convites assim com um consentimento tão alegre e completo – ou então as mulheres ainda muito jovens, as adolescentes ingênuas. Mas no meu caso –

como você poderia supor? – isso não passava da vontade expressando a si mesma, o desejo ardente e contido ao longo de milhares de dias que se manifestava bruscamente. De todo modo: você ficou surpreso. Eu havia começado a lhe interessar. Sentia que enquanto caminhávamos, conversando, você me examinava de lado, como se eu o intrigasse. Seu sentimento, sempre tão seguro em termos de psicologia humana, pressentia algo extraordinário, adivinhava um mistério nessa jovem complacente e bela. A curiosidade tinha acordado em você, e notei também, pela forma envolvente e sutil de suas perguntas, que queria entender esse mistério. Mas eu me esquivava: era preferível parecer tola a revelar meu segredo.

 Subimos ao seu apartamento. Peço desculpas, amor, se digo que você não tem como compreender o que foi para mim essa subida, essa escada, que frenesi, que confusão eu experimentava, que felicidade louca, torturante e quase mortal me tomava. Ainda agora mal posso pensar nesse instante sem que me venham lágrimas, e no entanto não me restou nenhuma. Mas imagine que cada objeto estava, por assim dizer, impregnado com a minha paixão e representava um símbolo da minha infância, do meu desejo: a porta diante da qual esperara por você mil vezes, a escada onde o espiara e adivinhara seus passos e onde o vi pela primeira vez, o olho de latão através do qual o espreitei com toda minha alma, o capacho diante da porta sobre o qual me ajoelhei um dia, o rangido da chave, que sempre me fez abandonar, sobressaltada, meu posto de escuta. Toda minha infância e toda minha paixão tinham ali seu ninho, nesse espaço de poucos metros. Ali estava toda minha vida, e eis que uma espécie de tempestade se abatia sobre mim, agora que tudo se concretizava e que eu e você entrávamos – eu e você! – em sua casa, em nosso prédio. Pense – parece banal, mas não sei dizer de outro modo – que antes de sua porta ficava o mundo real, o maçante mundo cotidiano que até então havia sido minha existência, e agora se abria diante de mim o reino encantado com o qual as crianças sonham, o reino de Aladim. Pense que meus olhos haviam fitado ardentemente, mil vezes, essa porta pela qual eu agora entrava com passos titubeantes, e você há de sentir – sentir, apenas, meu amor, pois jamais saberá de verdade – como minha vida se concentrava inteira nesse vertiginoso minuto.

Passei a noite toda em sua casa. Você não suspeitou que nenhum outro homem me havia tocado anteriormente, nenhum homem havia tocado ou visto meu corpo. Como você poderia supor, amor, já que eu não lhe oferecia resistência alguma, já que eu reprimia qualquer hesitação ditada pelo pudor, para que você não conseguisse adivinhar o segredo do meu amor, que sem dúvida o teria assustado – pois para você o amor não passa de algo ligeiro, que assume a forma de um jogo, destituído de importância? Você teme intervir no destino de alguém. Quer se abandonar ao mundo, e não quer nenhum sacrifício. Quando lhe digo, amor, que lhe entreguei a minha virgindade, eu lhe suplico: não me entenda mal! Não o acuso. Você não me seduziu, não mentiu para mim, não me enganou – eu é que me lancei em sua direção, empurrada pelo meu próprio desejo, eu é que me atirei nos seus braços e me precipitei em meu destino. Nunca vou acusá-lo, nunca; não, ao contrário, hei de agradecer-lhe sempre, pois como essa noite foi intensa e transbordante de prazer, como se eu estivesse levitando de felicidade. Quando eu abria os olhos no escuro e o sentia ao meu lado, surpreendia-me que as estrelas não estivessem logo acima do meu rosto, de tal modo o céu me parecia próximo – não, meu amor, jamais me arrependi de nada, jamais, ao me lembrar desse momento: enquanto você dormia, enquanto eu ouvia o ruído da sua respiração, tocava o seu corpo e me sentia tão perto de você, chorei de felicidade, no escuro.

Pela manhã, me apressei para ir embora cedo. Tinha que ir para a loja, e além disso não queria estar ali quando o criado chegasse: ele não deveria me ver. Você me pegou nos braços quando parei, vestida, na sua frente, e me fitou por um longo instante. Seria uma lembrança distante e obscura que se agitava em você, ou somente o fato de que eu lhe parecia bela e feliz, como estava, de fato? Então, você me beijou nos lábios. Eu me soltei delicadamente para ir embora. "Não quer levar umas flores?", perguntou-me. Respondi que sim. Você pegou quatro rosas brancas no vaso de cristal azul sobre a escrivaninha (ah, eu conhecia esse vaso daquele único olhar furtivo, quando era criança) e me deu. Durante dias eu as beijei.

Antes de nos despedirmos, marcamos um encontro para uma outra noite. Lá estive, e mais uma vez foi maravilhoso. Você ainda me deu uma terceira noite. Então disse que precisava viajar – ah, como eu detestava essas viagens desde a infância! – e prometeu me avisar assim que estivesse de volta. Deixei com você um endereço de posta-restante, pois não queria lhe dizer meu sobrenome. Guardava meu segredo. Mais uma vez você me deu algumas rosas no momento da despedida – uma despedida.

Todos os dias, durante dois meses, eu ia perguntar... mas não, por que descrever os tormentos infernais da espera, do desespero? Não o acuso, eu o amo tal como você é, ardente e esquecido, devotado e infiel. Eu o amo desse modo, exatamente desse modo, como você sempre foi e como ainda é. Já fazia tempo que regressara, foi o que vi em suas janelas iluminadas; mas não me escrevera. Não possuo uma única linha sua, nesta que é a minha última hora; uma única linha, eu que lhe doei minha vida. Esperei, esperei como uma aflita. Mas você não me chamou, não me escreveu uma linha... uma única linha...

Meu filho morreu ontem – era também o seu filho. Era também o seu filho, amor, o filho de uma dessas três noites, eu lhe juro, e não se mente à sombra da morte. Era o nosso filho, eu lhe juro, pois nenhum homem me tocou desde o momento em que me entreguei a você até aquele outro momento em que meu ventre se contorceu para dar à luz. Eu me tornara sagrada aos meus próprios olhos através do seu toque: como teria podido dividir meu corpo entre você, que havia sido tudo para mim, e outros, que mal roçavam a minha vida? Era o nosso filho, querido, o filho do meu amor lúcido e da sua ternura descuidada, extravagante e quase inconsciente, nosso filho, nosso único filho. Mas você agora indaga – talvez com medo, talvez apenas surpreso –, você indaga, meu amor, por que, durante todos esses longos anos, escondi a existência dessa criança, e por que lhe falo de nosso filho somente agora que ele se encontra deitado ali, dormindo na escuridão, dormindo para sempre, prestes a ir embora e nunca mais voltar, nunca mais! Como eu teria podido contar tudo? Você jamais teria acreditado em mim, que era uma estranha, disposta a lhe conceder três noites com excessiva facilidade, que se entregara sem resistência, e até mesmo com ardor. Você jamais teria acreditado que a mulher anônima encontrada furtivamente se mantivera fiel a você, você que era infiel – e tampouco teria reconhecido sem desconfiança essa criança como sua! Jamais teria podido, mesmo se as minhas palavras lhe parecessem dignas de crédito, afastar a suspeita de que eu tentava lhe atribuir, a você que era rico, a paternidade de uma criança estranha. Teria suspeitado de mim, uma sombra permaneceria entre nós, a sombra fugaz e tímida da desconfiança. Isso eu não queria. E além do mais eu o conheço; conheço-o melhor do que você mesmo, e sabia que teria sido um sofrimento para alguém que, em termos de amor, apreciava a despreocupação, a leveza e o jogo, ver-se de súbito pai de uma criança, ter de súbito a responsabilidade sobre o seu destino. Você, que só consegue respirar em liberdade, teria sentido uma espécie de vínculo comigo. E haveria de me detestar – sim, sei disso, você haveria de me detestar contra sua própria vontade e de modo inconsciente – por esse elo. Talvez apenas durante algumas horas ou durante alguns fugazes minutos, mas haveria de me considerar um fardo e de me detestar – e, no meu orgulho, eu queria que pensasse em mim para sempre sem a menor apreensão. Preferia assumir a responsabilidade de tudo a me tornar um fardo para você; ser a única, entre todas as suas mulheres, em quem você pensaria com amor e com gratidão. Mas a verdade é que você jamais pensou em mim. Você me esqueceu.

 Eu não o acuso, meu amor; não, não o acuso. Perdoe-me se por vezes uma gota de amargor escorre da minha pena, perdoe-me – meu filho, nosso filho, jaz sob a chama bruxuleante das velas; voltei meu punho cerrado para Deus, chamando-o de criminoso. Meus sentidos estão embotados e confusos. Perdoe-me esta lamentação, perdoe-me! Sei que no fundo de seu coração você é bom e solícito, e que concede ajuda a quem pede, que a concede até mesmo a quem lhe é o mais estranho. Mas a sua bondade é tão peculiar. É uma bondade franqueada a todos, e qualquer um pode se valer dela fartamente. É grande, infinitamente grande, a sua bondade, mas – perdoe-me dizê-lo – ela é indolente. Pede para ser assediada, quer que alguém se aposse dela. A ajuda, você a concede quando a requisitam, quando a imploram; você a concede por pudor, por fraqueza, e não por prazer. Permita que eu lhe fale com sinceridade: seu amor não se dirige, preferencialmente, aos necessitados e aflitos, mas sim aos seus irmãos na felicidade. E aos homens como você, mesmo os melhores entre eles, é difícil fazer-lhes um pedido. Um dia, quando eu ainda era criança, vi pelo olho de latão da porta você dar uma esmola a um mendigo que havia tocado sua campainha. Você deu a esmola furtivamente, e ela foi bastante grande, antes mesmo que ele houvesse pedido, mas a entregou com certa inquietude, com certa pressa que revelava seu desejo de vê-lo ir embora o quanto antes. Era como se estivesse com medo de fitá-lo nos olhos. Nunca esqueci esse seu modo de dar, esse modo inquieto, tímido, com medo de ouvir um agradecimento. Foi por isso que nunca me dirigi a você. Sem dúvida, sei disso, você me teria ajudado, mesmo sem saber com certeza se o filho era mesmo seu. Você me teria consolado, dado dinheiro, muito dinheiro, mas sempre com o desejo impaciente e secreto de se distanciar das coisas desagradáveis. Acredito mesmo que você teria me convencido a me livrar do bebê antes do fim da gravidez. E isso era o que eu mais temia – pois o que eu não faria se você me pedisse, como poderia negar-lhe algo! Mas essa criança era tudo para mim, vinha de você, era você de novo; não o ser alegre e despreocupado que você era e que eu não podia ter, mas você para sempre – era o que eu pensava – pertencendo a mim, aprisionado no meu corpo, unido à minha vida. Por fim eu o possuía, podia senti-lo em minhas veias, vivo, crescendo, me havia sido dado alimentá-lo, amamentá-lo, cobri-lo de carícias e de beijos quando minha alma queimava de desejo. Veja, querido, por que fiquei tão feliz quando soube que carregava um filho seu, por que não lhe disse nada: agora você já não podia mais escapar de mim.

É verdade, amor, que não houve apenas esses meses de felicidade como eu havia antegozado em meus pensamentos. Houve também meses tomados pelo horror, atormentados, cheios de desgosto diante da baixeza dos homens. As coisas não foram fáceis. Durante os últimos meses de gravidez, eu não pude mais ir trabalhar na loja, com medo de chamar a atenção dos meus parentes, que assim haveriam de avisar meus pais. Não queria pedir dinheiro à minha mãe – vivi, portanto, até o momento do parto, da venda de algumas joias que possuía. Uma semana antes, uma lavadeira roubou as últimas coroas que eu tinha no armário, de modo que tive de ir para a casa de parto. Foi ali, nesse lugar onde só as muito pobres, esquecidas e marginalizadas se refugiam na hora da necessidade, ali, no meio da miséria mais repulsiva, que o bebê, que o seu filho, veio ao mundo. Era terrível, esse lugar. Tudo era estranho, estranho, estranho, nós nos olhávamos como estranhas, nós que estávamos ali solitárias e mutuamente tomadas pelo ódio, lançadas pela miséria e pelo sofrimento naquela sala de ar viciado, cheirando a clorofórmio e sangue, repleta de gritos e gemidos. Tudo o que a pobreza precisa suportar em termos de humilhações, de ultrajes morais e físicos, eu sofri: a promiscuidade de prostitutas e doentes que faziam do nosso destino comum uma infâmia comum; o cinismo dos jovens médicos, que, com um sorriso de ironia, levantavam o lençol e apalpavam o corpo da mulher indefesa, sob o falso pretexto da preocupação científica; a cupidez das enfermeiras – ah, ali o pudor humano é crucificado com palavras e açoitado com olhares. A placa com o seu nome é tudo o que resta de você, pois o que se encontra ali, deitado na cama, é apenas um pedaço de carne trêmula, apalpado pelos curiosos, um objeto de exibição e de estudo – ah, elas não sabem, as mulheres que dão à luz filhos de seus maridos, em sua própria casa, cobertas de cuidados, o que é colocar no mundo um bebê quando se está sozinha, sem proteção e como que sobre uma mesa de experimentos científicos! Ainda hoje, quando encontro num livro a palavra "inferno", penso de imediato e contra a minha vontade na sala em que, em meio ao mau cheiro, aos gemidos, aos risos e aos gritos sangrentos, tanto sofri; penso naquele vergonhoso abatedouro.

Perdoe-me, perdoe-me se lhe conto tudo isso. Mas é só desta vez que falo disso, e nunca mais, nunca mais. Durante onze anos não disse uma palavra a respeito, e em breve terei me calado para sempre: eu precisava gritar uma vez ao menos, precisava gritar o que me custou esse filho, que era a minha felicidade e que agora jaz ali, inerte. Eu já as esquecera, essas horas; já as esquecera há muito, no sorriso e na voz da criança, na minha felicidade. Mas agora que ele morreu, minha dor voltou a viver, e eu precisava trazer alívio à minha alma gritando meu tormento uma vez, somente esta vez. Mas não é você que acuso, e sim Deus, apenas Deus, que fez esse tormento ser sem sentido. Não é você que acuso, isso eu lhe juro, e jamais, em minha cólera, voltei-me contra você. Mesmo no momento em que meu corpo se contorcia no parto, mesmo enquanto ele queimava de vergonha sob o olhar invasivo dos estudantes, mesmo no instante em que a dor rasgou minha alma, jamais o acusei diante de Deus; tampouco senti qualquer arrependimento das noites que passei com você, ou censurei meu amor por você. Sempre o amei, sempre abençoei o momento em que o encontrei. E se tivesse que passar de novo pelo inferno dessas horas de sofrimento e soubesse o que me esperava, eu faria tudo de novo, meu amor, uma vez mais, mil vezes mais!

Nosso filho morreu ontem – você não chegou a conhecê-lo. Jamais, nem mesmo num breve encontro ao acaso, o seu olhar roçou esse pequeno ser em flor, nascido do seu. Escondi-me de você durante muito tempo, depois que tive esse filho; meu desejo ardente por você havia se tornado menos doloroso, e cheguei a acreditar que o amava com menos paixão. Pelo menos meu amor já não me fazia sofrer tanto desde que ele me fora dado. Eu não queria me dividir entre você e ele, então não me entreguei a você, que era feliz e vivia sem mim, mas a essa criança que precisava de mim, a quem eu tinha de alimentar, que eu podia tomar nos braços e cobrir de beijos. Eu parecia livre da perturbação que você causara à minha alma, salva do meu destino infeliz, resgatada, enfim, por esse outro você, que era no entanto verdadeiramente meu – só poucas vezes, pouquíssimas vezes, minha paixão ainda se conduzia submissa até diante do seu prédio. Apenas um gesto eu me permitia: no seu aniversário eu lhe enviava um buquê de rosas brancas, iguais às que você me havia oferecido depois da nossa primeira noite de amor. Em algum momento ao longo desses dez, desses onze anos, você se perguntou quem as enviava? Será que se lembrou, talvez, daquela a quem havia oferecido, um dia, rosas semelhantes? Ignoro-o, e jamais saberei qual a sua resposta. Oferecê-las em segredo e uma vez por ano ver florescer a lembrança desse momento – isso era suficiente para mim.

Você jamais o conheceu, nosso pobre filho – hoje lamento tê-lo ocultado desse modo, pois você o teria amado. Mas não chegou a conhecê-lo, o pobre menino, jamais o viu sorrir quando ele erguia de leve as pálpebras e aqueles olhos pretos e inteligentes – como os seus – lançavam sua luz clara e alegre sobre mim, sobre o mundo inteiro. Ah, ele era tão cheio de vida, tão adorável: toda a graça que há em você se repetia nele, sua imaginação ágil e alerta se notava nele também. Ele era capaz de se divertir brincando com um objeto durante horas a fio, do modo como você brinca com a vida, e depois sentar-se compenetrado diante de seus livros, as sobrancelhas erguidas. Cada vez ele se tornava mais parecido com você; nele já começava a se apresentar visivelmente essa alternância entre a seriedade e as brincadeiras que havia em você, e quanto mais parecido ele ficava com o pai, mais eu o amava. Ele aprendia com facilidade e tagarelava em francês; seus cadernos eram os mais organizados da turma; e como ele ficava elegante com sua roupa de veludo preto ou o paletó branco de marinheiro. Em toda parte aonde ia, era sempre o mais elegante; na praia em Grado, quando eu passava com ele, as mulheres paravam e lhe acariciavam os longos cabelos louros; em Semmering, quando ele andava de trenó, as pessoas se voltavam para ele com admiração. Era tão bonito, tão delicado, tão meigo: quando, no ano passado, foi para o internato da Academia Teresiana, usava seu uniforme e levava sua pequena espada como se fosse um pajem do século XVIII – agora, ele está deitado ali vestindo apenas sua camisa de baixo, o pobrezinho, os lábios exangues e as mãos unidas.

Mas talvez você queira saber como pude criar o menino com tanto luxo, como pude lhe oferecer essa vida alegre e esfuziante reservada aos ricos? Querido, eu lhe falo do fundo da escuridão; não tenho vergonha, vou lhe dizer, mas não se assuste, amor – eu me vendi. Não me tornei exatamente o que chamam de mulher da vida, uma prostituta, mas me vendi. Tive amigos ricos, amantes ricos: primeiro fui eu quem os procurou, depois eles passaram a me procurar, pois eu era – você chegou a reparar? – muito bonita. Todos os homens a quem me entreguei se afeiçoaram a mim, todos se mostraram agradecidos, todos ficaram ligados a mim, todos me amaram – todos exceto você, exceto você, meu amor!

Será que você me despreza agora que lhe revelei que me vendi? Não, eu sei, você não me despreza, eu sei; compreende tudo e também compreenderá que se agi desse modo foi unicamente por você, pelo seu outro eu, pelo seu filho. Naquele quarto na casa de parto, eu tocara nos horrores da pobreza. Sabia que neste mundo o pobre é sempre a vítima, o oprimido, o humilhado, e não queria de modo algum que seu filho, seu belo e radiante filho, crescesse entre a escória, no contato grosseiro com a gente da rua, no ar pestilento dos quartos dos fundos. Sua boca delicada não deveria conhecer a linguagem da sarjeta, nem seu corpo, de um branco imaculado, as roupas bolorentas e ásperas dos pobres – seu filho deveria ter tudo, todas as riquezas, todas as comodidades da Terra. Era preciso que ele ascendesse até onde você estava, até as esferas onde sua vida acontecia.

Foi por isso, somente por isso, meu amor, que me vendi. Não foi um sacrifício para mim, pois o que normalmente chamam de honra ou infâmia não existia aos meus olhos: você, o único a quem eu pertencia, não me amava, então pouco me importava o que era feito do meu corpo. As carícias dos homens e até mesmo sua mais profunda paixão não tocavam meu coração, embora eu tivesse estima por alguns deles e seu amor não correspondido merecesse minha compaixão, por me recordar o meu próprio destino. Todos os que conheci foram bons para mim, todos me mimaram, todos me respeitaram. Entre eles, sobretudo um conde idoso e viúvo, que usou de todas as suas influências para garantir a admissão do menino sem pai, seu filho, na Academia Teresiana – seu amor por mim era paternal. Três ou quatro vezes ele me pediu em casamento – eu seria condessa, hoje, senhora de um castelo de conto de fadas no Tirol. Seria o fim das minhas preocupações, pois o menino teria um pai afetuoso que o adoraria, e eu teria um marido atencioso, bom e gentil ao meu lado – mas não aceitei, por mais que ele repetisse o pedido com insistência, por mais que eu o magoasse com a minha recusa. Talvez tenha sido uma loucura, pois se tivesse agido de outro modo eu estaria agora vivendo num lugar tranquilo e seguro, e comigo estaria meu filho, meu adorado filho. Contudo – por que não confessá-lo agora? – eu não queria vínculos com mais ninguém, queria permanecer livre para você em todos os momentos. No recanto mais fundo e inconsciente do meu coração, ainda vivia um antigo sonho de infância: talvez você me procurasse uma vez mais, ainda que por uma hora. E pela eventualidade dessa hora rejeitei tudo, pois desejava estar pronta a atender ao seu primeiro chamado. O que foi a minha vida, desde a infância, senão ficar à espera, à espera da sua vontade!

E essa hora chegou. Mas você não sabe quando. Nem desconfia, meu amor! Nem mesmo nesse momento você me reconheceu – jamais, jamais, você jamais me reconheceu! Eu já o encontrara com frequência, nos teatros, nos concertos, no Prater, na rua – todas as vezes meu coração saltava dentro do peito, mas você passava sem me ver: minha aparência havia mudado, sem dúvida; a menina tímida se transformara numa mulher, bonita, como diziam, vestindo roupas caras, cercada de admiradores. Como você poderia suspeitar em mim a presença daquela jovem tímida que havia conhecido na penumbra do seu quarto! Às vezes, um dos homens com quem eu estava o cumprimentava; você respondia ao cumprimento e erguia os olhos em minha direção. Mas seu olhar era estranho, embora cortês. Você me apreciava sem me reconhecer e seu olhar era estranho, terrivelmente estranho. Certa vez, ainda me lembro, essa incapacidade de me reconhecer à qual já estava quase habituada tornou-se para mim um suplício: eu estava num camarote, na Ópera, com um amigo, e você estava sentado no camarote vizinho. Na abertura as luzes se apagaram e eu não podia mais vê-lo, mas sentia sua respiração tão perto de mim como a havia sentido naquela noite, e sobre a divisória coberta de veludo que separava nossos camarotes estava pousada sua mão, sua mão fina e delicada. Fui tomada pelo desejo infinito de me curvar e beijar humildemente essa mão estranha e tão amada, cujo toque eu um dia conhecera. A música se elevava ao meu redor, e meu desejo se tornava cada vez mais ardente. Tive que me controlar para resistir à força que atraía violentamente meus lábios à sua mão adorada. No final do primeiro ato, pedi ao meu amigo que fôssemos embora. Não podia mais suportar ter você ali ao meu lado no escuro, ao mesmo tempo tão próximo e tão estranho.

Mas a hora chegou, a hora chegou mais uma vez, uma última vez em meio aos destroços da minha vida. Foi no dia seguinte ao seu aniversário, há quase um ano. Estranho: eu vinha pensando em você o dia inteiro, pois celebrava o seu aniversário sempre como se fosse uma festividade. Tinha saído bem cedo e comprado as rosas brancas que mandei enviar a você como todos os anos em lembrança de um momento que você já havia esquecido. À tarde, saí com o menino. Levei-o à confeitaria Demel e, à noite, ao teatro. Queria que também ele desde a juventude considerasse esse dia de alguma forma como uma festividade mística, sem conhecer seu significado real. Passei o dia seguinte com um amigo que tinha àquela época, um jovem e rico industrial de Brno com quem vivia havia dois anos, que me mimava e me idolatrava e que desejava se casar comigo. Assim como aos outros, eu recusava sem motivo aparente, ainda que ele nos cobrisse de presentes, ao menino e a mim, e que ele fosse adorável em sua bondade um tanto maçante e servil. Fomos juntos a um concerto, onde nos vimos em meio a um grupo alegre; jantamos num restaurante na Ringstrasse, e ali, em meio aos risos e à conversa, propus terminar a noite dançando, no Tabarin. Em geral, eu considerava quase repulsivo esse tipo de lugar, com sua alegria falsa e alcoolizada, essas noitadas bêbadas intermináveis, e sempre recusei convites semelhantes. Dessa vez, porém – era como se um insondável poder mágico tivesse se apoderado de mim e me levado inconscientemente a fazer a proposta, que os demais aceitaram com animação –, senti esse impulso inexplicável, como se lá me aguardasse algo de especial. Acostumados a querer me agradar, todos se levantaram de imediato. Fomos para o Tabarin, bebemos champanhe, e de súbito uma alegria louca tomou conta de mim, uma alegria quase dolorosa, como nunca sentira antes. Bebia sem parar e entoava as canções tolas junto com os outros, sentindo uma vontade quase irresistível de dançar e dar gritos de alegria. De repente, porém – parecia que meu coração tinha sido tomado por algo gelado ou em brasa –, senti um sobressalto: à mesa vizinha, você estava sentado com alguns amigos, e seu olhar fixo em mim era de admiração e desejo, esse olhar que sempre mexeu tão profundamente comigo. Pela primeira vez em dez anos, seus olhos se fixavam em mim com toda a força inconsciente e apaixonada do seu ser. Estremeci. A taça que eu segurava quase caiu da minha mão. Por sorte meus companheiros não notaram minha perturbação: ela se perdia na algazarra das gargalhadas e da música.

Seu olhar se tornava cada vez mais ardente e me mergulhava inteira num braseiro. Eu não sabia: você por fim me reconhecera, ou me desejava como se eu fosse uma outra mulher, uma desconhecida? O sangue me subiu à face e eu respondia distraída às perguntas dos meus companheiros de mesa: você deve ter notado, sem dúvida, o quanto seu olhar me perturbava. Com um gesto da cabeça, imperceptível para os outros, pediu que eu saísse um instante até o vestíbulo. Em seguida, pagou a conta de maneira ostensiva e se despediu de seus amigos, não sem antes me indicar mais uma vez sua intenção de me esperar lá fora. Eu tremia como se sentisse muito frio, ou como se estivesse com febre; não conseguia responder às perguntas que os outros me faziam e já não controlava meu sangue fervente. Quis o acaso que nesse momento um casal de negros começasse uma nova e estranha dança, batendo com os saltos dos sapatos e dando gritos agudos. Todos olhavam para eles, e aproveitei esse momento. Levantei-me, disse ao meu amigo que voltaria em seguida e fui ao seu encontro.

Lá fora, você esperava por mim no vestíbulo, de pé em frente à chapelaria. Seu rosto se iluminou quando me viu chegar. Sorrindo, você veio em minha direção, e vi de imediato que não me reconhecia, que não reconhecia nem a menina nem a jovem de outrora, e que mais uma vez estava tentando conquistar uma desconhecida. "Poderia me conceder uma hora?", você me perguntou em tom de confidência – percebi, pela segurança do seu tom, que me tomava por uma dessas mulheres que se vendem por uma noite. "Sim", falei, o mesmo sim trêmulo e não obstante natural e aquiescente dito pela moça que eu era dez anos antes numa rua crepuscular. "E quando poderíamos nos ver?", você perguntou. "Quando quiser", falei – diante de você, eu não tinha pudor algum. Você olhou para mim um tanto intrigado, com o mesmo espanto feito de curiosidade e desconfiança daquela vez, quando a prontidão da minha resposta também o surpreendera. "Poderia ser agora?", perguntou, um tanto hesitante. "Sim", eu disse, "vamos."

Eu queria pegar o meu casaco na chapelaria.

Nesse momento, lembrei que meu casaco estava junto com o do meu amigo, e que ele guardara o recibo. Voltar para pedi-lo sem uma justificativa não me parecia possível; ao mesmo tempo, abrir mão da hora que eu podia passar com você, essa hora desejada havia tanto tempo, isso eu não queria. Então, não hesitei nem mesmo por um segundo: coloquei o xale sobre o vestido e saí para a noite enevoada e úmida, sem pensar no meu casaco, sem pensar no homem bom e gentil que me sustentava havia anos e que eu humilhava diante de seus amigos, deixando-o assim, eu que era sua amante, ao primeiro assobio de um estranho. Ah, eu tinha plena consciência da baixeza, da ingratidão e da infâmia que cometia contra um amigo sincero; no mais profundo do meu ser, sentia que estava agindo de modo ridículo e que, com a minha insensatez, ofendia de modo terrível e para sempre um homem tão benevolente. Sentia que destruía minha vida – mas o que significava para mim a amizade, a minha existência diante da impaciência em sentir novamente os seus lábios, em ouvi-lo dizer palavras de afeto? Era assim meu amor por você, posso dizê-lo agora que tudo terminou. E acredito que se estivesse no meu leito de morte e você me chamasse, eu encontraria forças para me levantar e ir até você.

Um carro esperava na entrada, fomos para a sua casa. Ouvi de novo sua voz, senti sua terna presença, e foi como estar embriagada com a mesma felicidade infantil e confusa de outrora. Em que estado de exaltação eu mais uma vez subi a escada, pela primeira vez em mais de dez anos – não, não, impossível lhe descrever como, em poucos segundos, um duplo sentimento confundia em mim o passado e o presente, nem como, em meio a tudo isso, a tudo isso, só existia você. Pouca coisa mudara em seu apartamento; alguns quadros a mais, e mais livros, móveis novos aqui e ali, mas tudo me saudava com um ar familiar. E sobre a sua escrivaninha estava o vaso com as rosas – com as minhas rosas, que eu lhe enviara na véspera, pelo seu aniversário e como recordação de uma mulher de quem no entanto você não se recordava, que você não reconhecia, mesmo ela estando agora perto de você, a mão em sua mão, os lábios colados aos seus lábios. Ainda assim, alegrou-me ver que você cuidava das minhas rosas: desse modo, um sopro do meu ser, um halo do meu amor envolvia você.

    Você me tomou nos braços. Passei, mais uma vez, uma noite maravilhosa em sua companhia. Mas mesmo nua você não me reconhecia. Abandonei-me feliz às suas experientes carícias, e vi que sua paixão não via diferença entre uma amante e uma mulher que se vende, que você se entregava por completo ao seu desejo, com toda a despreocupação e a extravagância que o caracterizam. Você me tratou com tanto carinho e gentileza, a mim, uma mulher encontrada numa casa noturna; foi tão cortês, tão respeitoso e atencioso, e ao mesmo tempo desfrutava de modo tão apaixonado a mulher. Mais uma vez me dei conta, ainda embriagada com a antiga felicidade, dessa dualidade única do seu ser – a paixão lúcida e intelectual em sua sensualidade, que havia arrebatado a menina que eu era. Nunca conheci um homem que se abandonasse, nos momentos de intimidade, de forma tão absoluta ao instante, com tamanha efusão e fervor em sua entrega – claro, para mergulhar em seguida num esquecimento infinito e quase desumano. Mas eu também esquecia a mim mesma: quem era eu agora, no escuro, ao seu lado? A ardente menina de outrora, a mãe do seu filho, uma estranha? Ah, tudo era tão familiar, tão próximo, e ao mesmo tempo tão extasiantemente novo, nessa noite apaixonada. E eu rezava para que ela não tivesse fim.

    Mas a manhã chegou, nós nos levantamos tarde e você me convidou para tomar o café da manhã. Bebemos juntos o chá que um criado invisível havia servido discretamente na sala de jantar, e conversamos. Mais uma vez, você me falou com a familiaridade franca e cordial que lhe é característica, sem me fazer perguntas indiscretas, sem a menor curiosidade acerca de quem eu era. Não perguntou meu nome nem meu endereço: mais uma vez, para você eu era apenas a aventura, a mulher anônima, a hora de paixão que se dissipa na fumaça do esquecimento sem deixar traço. Você me contou que ia fazer uma longa viagem de dois ou três meses ao norte da África, e eu tremia em meio à minha felicidade, pois já sentia nos ouvidos o martelar destas palavras: passado, passado e esquecido! Eu gostaria de cair de joelhos e exclamar: "Leve-me com você, para que enfim me reconheça, enfim, depois de tantos anos!" Mas diante de você eu era tão tímida, tão covarde, tão servil, tão fraca. Só o que consegui dizer foi "Que pena". Você me fitou com um sorriso: "Você lamenta mesmo?"

Fui tomada por uma ferocidade súbita. Levantei-me e o fitei longamente, com firmeza. Então disse: "O homem que eu amava também estava sempre viajando." Fitei-o nos olhos. Pensei, trêmula e com todo o corpo tenso: "Agora, agora ele vai me reconhecer!" Mas você apenas sorriu e disse, para me consolar: "Sempre há o regresso." "Sim," respondi, "sempre há o regresso, mas também o esquecimento."

Deve ter havido algo de estranho, algo de apaixonado no modo como falei. Pois você também se levantou e me fitou com surpresa e com muito carinho. Segurou meus ombros: "O que é bom não se esquece, eu não vou esquecê-la", falou, e com isso seu olhar mergulhou no fundo do meu ser, como se quisesse gravar com firmeza essa imagem. E enquanto eu sentia esse olhar penetrante, vasculhando, explorando e absorvendo todo meu ser, nesse momento pensei, por fim, por fim o encanto do esquecimento vai se romper. Ele vai me reconhecer, ele vai me reconhecer! Toda minha alma tremia com esse pensamento.

Mas você não me reconheceu. Não, você não me reconheceu, e em nenhum momento lhe fui mais estranha do que nesse segundo – do contrário, não teria feito o que fez poucos minutos depois. Você tinha me beijado, me beijado de novo apaixonadamente. Precisei ajeitar meu cabelo, que tinha se desarrumado, e enquanto estava parada diante do espelho vi, através dele – e achei que ia desmaiar de vergonha e de horror –, vi que você discretamente colocava algumas notas de dinheiro, de muito valor, em meu regalo. Não sei como fiz para não chorar, para não lhe dar um tapa nesse instante, eu que o amava desde a infância, eu, a mãe do seu filho – você estava me pagando por aquela noite! Uma prostituta do Tabarin, isso é que eu era para você, mais nada – você estava me pagando, estava me pagando! Não bastava ter me esquecido, também tinha que me humilhar.

Peguei as minhas coisas rapidamente. Queria ir embora, ir embora logo. Sofria muito. Fui apanhar meu chapéu, que estava sobre a escrivaninha, ao lado do vaso com as rosas brancas, as minhas rosas. Nesse momento, um desejo forte, irresistível, se apoderou de mim: devia mais uma vez tentar despertar a sua memória. "Não quer me dar uma das suas rosas brancas?" "Com prazer," você respondeu, e pegou uma, de imediato. "Mas talvez tenha sido uma mulher quem deu estas rosas a você, uma mulher que o ama?", perguntei. "Talvez", você disse. "Não sei. Elas me foram dadas e não sei por quem; é por isso que gosto tanto delas." Fitei-o. "Talvez venham de uma mulher que você esqueceu!"

Você olhou para mim com espanto. Eu o fitava. "Reconheça-me, reconheça-me, por fim!", meu rosto exclamava. Mas seus olhos sorriram de modo amigável e inconsciente. Você me beijou mais uma vez, mas não me reconheceu.

Caminhei apressada até a porta, pois sentia as lágrimas me subindo aos olhos, e você não devia vê-las. No vestíbulo – tão precipitadamente saí – por pouco não me choquei com Johann, o seu criado. Ele se afastou depressa para o lado, com recato, e abriu a porta para que eu saísse. E como o fitei, durante esse instante, você está me ouvindo?, durante esse único segundo, como fitei o velho, lágrimas nos olhos, vi um brilho repentino surgir em seu rosto. Nesse segundo, você está me ouvindo?, nesse único segundo, seu velho criado me reconheceu, ele que não voltara a me ver desde a minha infância. Eu me teria posto de joelhos e lhe beijado as mãos por esse reconhecimento. Só peguei depressa no regalo as notas com que você me havia açoitado e as coloquei em sua mão. Ele tremia e me fitava com espanto – nesse segundo, ele me compreendeu melhor do que você em sua vida inteira. Todas as pessoas me mimaram, todas elas, e se mostraram bondosas comigo – só você, só você me esqueceu, só você, só você nunca me reconheceu!

MEU FILHO, nosso filho, morreu – agora, não tenho mais ninguém no mundo, ninguém para amar além de você. Mas quem é você para mim, você que nunca me reconhece, você que passa por mim como à beira d'água, que pisa em mim como sobre uma pedra, que segue sempre em frente e me deixa presa da espera eterna? Um dia acreditei tê-lo, ter no seu filho esse ser fugidio que você é. Mas era o seu filho: durante a noite ele me deixou, cruelmente, e partiu numa outra viagem. Esqueceu-se de mim e jamais retornará. Estou sozinha mais uma vez, mais sozinha do que nunca. Já não possuo nada que seja seu – nenhum filho, nenhuma palavra, nenhuma linha, nenhuma lembrança, e se alguém pronunciar meu nome diante de você, ele não terá nenhum significado. Por que não morro de uma vez, já que para você estou morta, por que não deixar este mundo, já que você me deixou? Não, amor, não o acuso, não quero que minhas lamentações perturbem a alegria da sua casa. Não tema que eu venha a pressioná-lo mais uma vez – perdoe-me, eu tinha necessidade de gritar com toda minha alma uma vez, neste momento em que meu filho jaz morto. Era preciso que eu lhe falasse uma vez ao menos – em seguida regresso, muda, à minha escuridão, muda como sempre fui ao seu lado. Mas este grito não chegará aos seus ouvidos enquanto eu ainda viver – só quando estiver morta é que você receberá este meu legado, o legado de uma mulher que o amou mais do que todas as outras, uma mulher que se cansou de esperar por você, e que você nunca procurou. Talvez, talvez você me chame então, e eu lhe serei infiel pela primeira vez; na minha morte, não ouvirei o seu chamado: não lhe deixo nenhum retrato, nenhuma marca de identidade, do mesmo modo como você não me deixou nada; você jamais há de me reconhecer, jamais. Esse foi meu destino em vida, que o seja também na morte. Não quero procurá-lo em minha última hora, e me vou sem que você saiba qual o meu nome ou como é o meu rosto. Morro sem arrependimento, pois de longe você nada sofre. Se você fosse sofrer com a minha morte, eu não poderia morrer.

Não posso continuar a escrever... minha cabeça está tão pesada... meus braços e minhas pernas doem, tenho febre... acho que serei obrigada a me deitar, agora. Talvez o destino tenha pena de mim pelo menos uma vez, e eu não precise ver os homens de preto levarem meu filho... Não posso mais escrever. Adeus, amor, adeus! Eu lhe agradeço. Foi bom como foi, apesar de tudo... vou lhe agradecer até meu último suspiro. Estou aliviada: falei tudo, agora você sabe – não, você apenas imagina – o quanto o amei, e ainda assim esse amor não lhe cobra nada. Não vou fazer falta a você – isso me consola. Nada será diferente em sua magnífica e luminosa vida... minha morte não terá consequência alguma... isso me consola, amor.

Mas quem... quem vai, agora, enviar-lhe as rosas brancas a cada aniversário? Ah, o vaso há de ficar vazio, o pequeno sopro, o leve halo da minha vida, que uma vez por ano o envolvia, ele também há de desaparecer! Amor, ouça, eu lhe peço... é o primeiro e último pedido que lhe faço... em minha memória, a cada aniversário seu – é um dia em que as pessoas pensam em si mesmas – compre rosas e coloque no vaso. Faça isso, amor, faça isso como outras pessoas mandam uma vez ao ano rezar missa por uma defunta querida. Não acredito mais em Deus e não quero missas, acredito apenas em você, amo apenas você e só quero sobreviver em você... ah, só uma vez por ano, silenciosamente como sempre vivi ao seu lado... eu lhe peço, faça isso, meu amado... é meu primeiro e último pedido a você... eu lhe agradeço... eu o amo, eu o amo... adeus...

A CARTA CAIU de suas mãos trêmulas. Em seguida, ele ficou absorto em seus pensamentos durante um longo tempo. Voltava-lhe a lembrança vaga de uma menina da vizinhança e de uma jovem, de uma mulher encontrada numa casa noturna, mas essa lembrança permanecia vaga e indistinta, como uma pedra que reluz e oscila, sem forma, no fundo da água. Em seu espírito, sombras avançavam e recuavam, sem formar uma imagem nítida. Ele tinha a memória dos sentimentos, mas não se lembrava dela. Parecia-lhe ter sonhado todos esses vultos, sonhado com frequência e profundamente, mas sonhado apenas. Seu olhar caiu então sobre o vaso azul que se encontrava sobre a escrivaninha. Estava vazio, vazio pela primeira vez em anos, no dia do seu aniversário. Estremeceu, aterrorizado: era como se de repente uma porta invisível se tivesse aberto e uma corrente de ar gélido, vindo do outro mundo, tivesse penetrado na quietude de seu quarto. Sentiu a presença da morte, e sentiu a presença de um amor imortal: no fundo de sua alma rompeu-se algo, e a ideia dessa amante invisível preencheu seus pensamentos incorpórea e apaixonadamente como uma música distante.

Celebração anônima do amor

Exemplar notável da novela zweiguiana, *Carta de uma desconhecida* foi publicada pela primeira vez no jornal preferido do autor, *Neue Freie Presse*, em 1º de janeiro de 1922. Não é um relato curto (oito páginas do jornal), certamente incluído em um especial de Ano-Novo.

O clima de radicalização política na Alemanha de então culminará com o assassinato do seu grande amigo e conselheiro, o empresário-estadista Walther Rathenau, por militantes da extrema-direita. Depois da comoção provocada pela *Carta*, Stefan se preparava para um ano marcadamente ficcional. Em maio publica o conto "Noite fantástica" e, em 4 de junho, outro de seus clássicos, "Amok, o louco da Malásia". O brutal atentado contra o amigo em 24 de junho estancou bruscamente a veia novelística: nos meses seguintes publicou apenas ensaios e resenhas literárias.

O sucesso da *Carta* deve-se em parte ao estilo da narrativa a duas vozes: da admiradora apaixonada que acompanha o famoso escritor desde a adolescência e a do narrador que descreve a surpresa do escritor diante de fatos dos quais não se lembrava. O testemunho dá uma aura de verossimilhança a um enredo algo improvável que Zweig restaura com altas doses de emoção. Romantismo às avessas, paixão irremediável e penosa, quase maldição: outro sucesso internacional, traduzido para 43 idiomas.

A novela contém uma subnovela, extratexto, igualmente intensa, feminista, com final feliz. O recurso poderia ser facilmente atribuído à inventividade de Zweig se o enredo suplementar não tivesse ocorrido cinco ou seis anos depois da sua morte, em 1948.

Protagonista da história gêmea, Joan Fontaine é uma das estrelas de primeira grandeza na constelação de Hollywood. Em 1941 foi indicada para o Oscar de melhor atriz pelo trabalho em *Rebeca, a mulher inesquecível*, dirigida por Alfred Hitchcock. Ano seguinte, ainda sob a batuta do mestre do suspense, levou a estatueta para casa com *Suspeita*.

Terminada a guerra, com o relançamento da obra de Stefan Zweig (que se suicidara em 1942), a então sócia e mulher do ator-produtor Bill Dozier na pequena Rampart fez uma de suas apostas mais audaciosas como atriz, produtora e mulher.

Ansiosa para escapar das engrenagens do *"star system"* de Hollywood – onde as atrizes raramente escolhiam os papéis, submissas ao modelo imposto pelos estúdios –, a "musa de Hitchcock" sonhava encarnar uma verdadeira "mulher inesquecível", apaixonada e apaixonante, capaz de sacrificar tudo por um grande amor.

Certamente partiu dela a ideia de comprar os direitos da novela, já que as predileções de Bill Dozier apontavam para outra direção. Dela também a escolha de um *dream-team* capaz de movimentar o monólogo incessante e teatral, sem comprometer sua delicadeza: o produtor John Houseman (romeno-americano, colaborador de Orson Welles), o diretor Max Ophuls (refinado alemão com longa experiência na França) e o dramaturgo-roteirista Howard Koch (o mesmo de *Casablanca*), com a missão de recriar a vaporosa e sufocante Viena *fin-de-siècle*, cenário exemplar para a tocante história de amor impossível.

A escolha do galã francês, Louis Jourdan, obedeceu ao mesmo imperativo romântico de personificar o amado daquela adolescente que passa a vida suspirando e seguindo-o. Zweig o imaginou como escritor, daí o recurso de narrar a história na primeira pessoa do singular. Na versão fílmica, transforma-se no famoso pianista Stefan Brand. O nome inventado é uma ostensiva homenagem ao autor da novela.*

A versão Fontaine-Houseman-Koch-Ophuls foi a terceira adaptação para o cinema. A primeira, de 1929, com o título *Narkose*, teve como roteirista um dos mais importantes teóricos de cinema, o austro-húngaro Béla Balázs (Herbert Bauer, 1884-1949). A segunda transposição é uma produção finlandesa, de 1943; da versão não autorizada filmada na Inglaterra em

---

* Junto com a fama, ou por causa dela, apareceram nos Estados Unidos algumas edições piratas atribuídas a um desconhecido Stefan Branch. O sobrenome é a tradução de Zweig, galho, *branch* em inglês.

1933 com Margaret Sullivan não sobraram traços. E uma quarta versão foi filmada na China em 2004, dirigida por Xu Janglei.*

De todas as 55 obras de Zweig adaptadas para o cinema (talvez um recorde fora da Índia), esta parceria com Joan Fontaine é a mais autêntica de todas. Ela é Zweig, visto por uma de suas leitoras, personagem de si mesmo. Não foi um sucesso de bilheteria, mas o DVD mantém-se firme no catálogo das distribuidoras em todo o mundo, 66 anos depois de filmado.

Joan Fontaine alavancou as carreiras de Ophuls e Jourdan e enriqueceu a sua própria biografia com um triunfo que a irmã e arquirrival, Olivia de Havilland, jamais conseguiu: deu um rosto àquela correspondente anônima prestes a matar-se e converteu-a na prova cabal de que só as mulheres são capazes de amar tão intensamente.

---

* No início dos anos 1950, a pedido da grande atriz e declamadora argentina Berta Singerman, o dramaturgo espanhol Alejandro Casona (autor de *As árvores morrem de pé*, então exilado em Buenos Aires) adaptou o texto para um monólogo teatral apresentado com grande sucesso na capital argentina e uma vez em Porto Alegre.

24 horas na vida de uma mulher

NA PEQUENA PENSÃO NA RIVIERA onde eu estava hospedado naquela época, dez anos antes da Guerra, teve início em nossa mesa uma discussão acirrada, que ameaçava se transformar em briga furiosa, acompanhada até de palavras de ódio e insultos. A maioria das pessoas tem uma imaginação opaca. O que não lhes diz respeito diretamente, não lhes penetra como uma ponta aguda nos sentidos, não chega a atiçá-las. Mas se algo acontece diante de seus olhos, ao alcance de sua sensibilidade, mesmo que seja de pouca importância, logo desperta nelas uma paixão desmedida. Então elas compensam, de certo modo, sua indiferença costumeira com uma veemência inadequada e exagerada.

Foi assim nessa ocasião, em nosso grupo de comensais bem burgueses, que de hábito se entregava com prazer ao *small talk* e a pequenos gracejos sem profundidade, e que de modo geral se dispersava logo após a refeição: o casal de alemães ia passear e tirar fotos, o pacato dinamarquês fazia monótonas pescarias, a distinta dama inglesa regressava aos seus livros, o casal italiano dava suas escapadas até Monte Carlo, e eu ficava à toa numa cadeira no jardim ou ia trabalhar. Dessa vez, porém, ficamos enredados uns nos outros durante essa discussão exacerbada; e se um de nós se levantava de súbito não era para se despedir educadamente como de hábito, mas sim num acesso de extrema irritação que, como disse antes, assumia formas quase furiosas.

O acontecimento que excitava a esse ponto nosso pequeno grupo havia sido bastante singular. De fora, a pensão onde nós sete vivíamos parecia uma *villa* – ah, como era maravilhosa a vista da praia debruada de rochedos que se tinha das janelas! –, mas na verdade não passava de um anexo mais econômico do grande Palace Hotel e diretamente ligado a ele pelo jardim, de modo que nós, os pensionistas, estávamos sempre convivendo com os hóspedes do hotel. Pois bem, na véspera o hotel fora palco de um escândalo.

Chegara no trem do meio-dia, às 12h20 (devo indicar com precisão a hora porque ela é importante tanto para o episódio quanto para o tema de nossa exaltada conversa), um jovem francês, que fora ocupar um quarto de frente para o mar – o que em si já indicava certo conforto financeiro. Mas não era apenas sua elegância discreta que o tornava agradavelmente chamativo, era sobretudo sua beleza extraordinária e bastante simpática: no centro de um rosto estreito e feminino, um bigode louro e sedoso lhe acariciava os lábios quentes e sensuais; sobre sua fronte branca enroscavam-se os cachos de um cabelo macio e acastanhado, e cada suave olhar seu era como uma carícia – tudo nele era suave, lisonjeiro, adorável, sem qualquer traço de artificialidade ou afetação. De longe, lembrava um pouco essas figuras de cera cor-de-rosa e pose estudada que encarnam o ideal da beleza masculina nas vitrines das grandes butiques, a bengala na mão, mas de perto essa imagem de dândi desaparecia, pois nele (coisa rara!) a amabilidade era natural e inata. Ao passar, ele cumprimentou a todos de modo modesto e cordial, e era um verdadeiro prazer observar como sua graça se manifestava sem nada de artificial. Levantou-se depressa quando uma senhora foi à chapelaria buscar seu casaco, teve para todas as crianças um olhar amistoso ou uma brincadeira, era ao mesmo tempo sociável e discreto – em poucas palavras, parecia um desses seres privilegiados aos quais o sentimento de ser agradável aos outros através de um rosto claro e de um charme juvenil confere uma graça renovada. Entre os hóspedes do hotel, em sua maioria velhos e de saúde fraca, sua presença foi como uma bênção. Com aquele passo vitorioso da juventude, aquele frescor e aquela leveza que o charme confere de modo tão soberbo a certas pessoas, ele conquistou sem resistência a simpatia de todos. Duas horas depois de sua chegada, já estava jogando tênis com as duas filhas do corpulento e pacato industrial de Lyon – Annette, de doze anos, e Blanche, de treze –, e a mãe das duas, a fina, delicada e muito reservada madame Henriette, observava, sorrindo gentilmente, com que faceirice inconsciente as meninas flertavam com o jovem estranho. À noite, ele observou durante uma hora o nosso jogo de xadrez, contando-nos enquanto isso algumas boas anedotas, sem nos incomodar em absoluto, e passeou por um longo tempo no terraço com madame Henriette, cujo marido como sempre jogava dominó com um colega de negócios. Mais tarde eu o surpreendi conversando com suspeita intimidade com a secretária do hotel, na penumbra do escritório. Na manhã seguinte ele acompanhou meu parceiro dinamarquês na pesca, mostrando um conhecimento surpreendente do assunto, e em seguida conversou demoradamente sobre política com o industrial de Lyon, tema em que também se mostrou companhia agradável, pois ouvia-se a risada forte do homem corpulento cobrir o ruído do mar. Depois do almoço – é necessário, para a compreensão da história, que eu relate com exatidão todas essas fases do seu uso do tempo – ele passou mais uma hora com madame Henriette, tomando café no jardim, os dois sozinhos. Jogou tênis outra vez com suas filhas e conversou com o casal alemão no saguão. Às seis horas, quando fui postar uma carta, encontrei-o na estação. Veio me falar às pressas e contou, como se pedisse desculpas, que o haviam chamado, mas que voltaria dentro de dois dias. De fato, à noite ele não estava na sala de jantar, mas a ausência era só de sua pessoa física, pois em todas as mesas só se falava dele, elogiando o seu modo agradável e alegre de ser.

Mais tarde, em torno das onze horas, talvez, eu estava sentado em meu quarto terminando a leitura de um livro quando ouvi de repente, pela janela aberta, gritos e chamados no jardim, e uma visível agitação que começava no hotel ao lado. Mais preocupado do que curioso, desci no mesmo instante e logo encontrei os hóspedes e os funcionários muito transtornados e aflitos. A sra. Henriette, cujo marido, com a pontualidade costumeira, jogava dominó com seu amigo de Namur, não voltara de sua habitual caminhada noturna na praia, e temiam que tivesse ocorrido um acidente. Como um touro, aquele homem corpulento se precipitava sem cessar pela praia, e quando sua voz alterada pela emoção gritava "Henriette! Henriette!" na noite, o som tinha algo de tão aterrorizante e primitivo quanto o grito de um animal ferido de morte. Garçons e mensageiros corriam nervosos pelas escadas, todos os hóspedes foram acordados e telefonou-se para a polícia. Mas em meio a esse tumulto aquele homem imenso, o colete desabotoado, tropeçava e caminhava pesadamente, fora de si, soluçando e gritando para a noite o nome "Henriette! Henriette!". Nesse ínterim as crianças haviam acordado e chamavam a mãe da janela, em suas roupas de dormir; o pai correu até elas para tranquilizá-las.

E então se passou algo tão terrível que é quase impossível relatar, pois a natureza que se manifesta com intensidade nos momentos de crise excepcional muitas vezes confere às pessoas uma expressão tão trágica que nem imagem nem palavras conseguem reproduzi-la com a mesma força tempestuosa. De súbito, o homem gordo e pesadão desceu os degraus da escada, que gemiam sob seus pés, com o rosto alterado, cansado mas ainda assim furioso. Tinha nas mãos uma carta.

– Chame todo mundo de volta! – disse ele, com voz quase inaudível, ao chefe dos funcionários. – Chame todo mundo de volta, é inútil. Minha mulher me deixou.

Havia compostura naquele homem mortalmente ofendido, uma compostura feita de tensão sobre-humana diante de toda aquela gente que o circundava, que se aproximava curiosa para observá-lo e que de repente se afastava, assustada, envergonhada e confusa. Só lhe restavam forças suficientes para passar diante de nós titubeante, sem olhar para ninguém, e apagar a luz no salão de leitura; então ouvimos seu corpo pesado e imenso desabar numa poltrona, e também um soluçar selvagem e animal, como só poderia vir de um homem que nunca antes havia chorado. E essa dor primitiva nos atordoou a todos, mesmo aos mais simples. Nenhum dos garçons, nenhum dos hóspedes que tinham aparecido ali movidos por curiosidade ousava arriscar um sorriso, ou mesmo uma palavra de comiseração. Mudos, como que envergonhados daquela fulminante explosão de sentimento, voltamos discretamente, um após o outro, aos nossos quartos. Na penumbra da sala, aquele pedaço esmagado de humanidade tremia e soluçava, infinitamente só na casa onde aos poucos as luzes se apagavam entre murmúrios, cochichos, sussurros e ruídos débeis.

É compreensível que um acontecimento tão chocante diante dos nossos olhos fosse capaz de comover intensamente pessoas acostumadas ao tédio e a passatempos ligeiros. Mas aquela discussão que irrompeu com tanta veemência em nossa mesa e que por pouco não chegou às vias de fato, mesmo tendo como ponto de partida esse incidente espantoso, era mais uma questão de princípios que se afrontam e de uma oposição encolerizada de concepções de vida distintas. Graças à indiscrição de uma camareira que havia lido a carta – em sua cólera impotente, o marido, totalmente desnorteado, a amassara e jogara no chão, num canto qualquer –, ficamos sabendo que madame Henriette não fora embora sozinha, mas com o jovem francês (por quem a simpatia da maioria começou logo a diminuir). À primeira vista, seria perfeitamente compreensível que aquela pequena madame Bovary trocasse seu marido pacato e provinciano por um jovenzinho bonito e elegante. Mas o que causava espanto em toda a casa era que nem o industrial, nem suas filhas e nem mesmo a sra. Henriette jamais tinham visto aquele Lovelace antes e que, por isso, uma conversa noturna de duas horas no terraço e uma hora de café compartilhado no jardim tivessem sido suficientes para levar uma mulher irrepreensível, de cerca de trinta e três anos de idade, a abandonar da noite para o dia o marido e as duas filhas, e embarcar numa aventura com um jovem elegante que lhe era totalmente desconhecido. Nossa mesa era unânime ao não ver nesse fato, incontestável na aparência, nada além de pérfido fingimento e de uma manobra astuciosa do casal apaixonado: era evidente que a sra. Henriette tinha, há muito tempo, encontros clandestinos com o jovem, e que o vigarista só tinha ido até ali acertar os últimos detalhes da fuga, pois – assim se pensava – era inteiramente impossível que após duas horas de conversa uma mulher honesta fosse embora assim, ao primeiro sinal. Ora, eu me divertia sustentando a opinião contrária. Defendia energicamente a possibilidade e até mesmo a probabilidade de que uma união feita de longos anos de decepção e tédio pudesse tornar uma mulher suscetível a qualquer tentativa enérgica de conquista. Com a minha inesperada oposição, logo a discussão se generalizou, e o que a agitou ainda mais foi sobretudo o fato de os dois casais, tanto o alemão quanto o italiano, recusarem com um desdém ofensivo a existência do *coup de foudre,* em que não viam mais do que uma tolice e uma absurda fantasia romanesca.

Ora, não vem ao caso, aqui, repetir em todos os detalhes o curso turbulento dessa disputa: só profissionais da *table d'hôte* são espirituosos, e os argumentos aos quais se recorre no calor de uma discussão à mesa são com frequência dos mais banais, já que, por assim dizer, são apanhados às pressas com a mão esquerda. Difícil também explicar por que nossa discussão assumiu tão depressa contornos ofensivos; acredito que a irritação tenha começado porque involuntariamente os dois maridos gostariam de acreditar que suas esposas eram imunes a tais riscos e tais abismos. Infelizmente não encontraram nenhum argumento melhor para me apresentar do que o de que só podia falar assim alguém que julgava a psique feminina com base nas conquistas fortuitas e baratas de um solteiro: isso começou a me irritar, e quando, em seguida, a senhora alemã temperou essa lição com uma pitada de presunção, dizendo que havia, de um lado, as mulheres dignas desse nome e de outro, as "de natureza vadia", e que, segundo ela, a sra. Henriette devia estar entre estas últimas, perdi por completo a paciência e me tornei também eu agressivo. Argumentei que aquela negação do fato incontestável de que uma mulher, em algumas horas de sua vida, está à mercê de forças misteriosas e mais poderosas que sua vontade apenas dissimulava o medo que sentimos de nosso próprio instinto, o medo do caráter demoníaco de nossa natureza, e que muitas pessoas pareciam encontrar prazer em se sentir mais fortes, mais obedientes à moral e mais puras do que as "fáceis de seduzir." Eu pessoalmente considerava mais honroso uma mulher seguir de modo livre e apaixonado seus próprios instintos em vez de, como em geral era o caso, trair seu marido fechando os olhos quando estava em seus braços. Foi mais ou menos o que eu disse, e na conversa agora encrespada, quanto mais os outros atacavam a pobre sra. Henriette, com mais ardor eu a defendia (na verdade, para além das minhas convicções íntimas). Esse entusiasmo, como se diz, pôs a coisa para ferver e os dois casais, quarteto pouco harmonioso, caíram sobre mim com tanta fúria que o velho dinamarquês, que se encontrava sentado, o ar jovial e o cronômetro na mão como o árbitro num jogo de futebol, foi obrigado a bater na mesa de vez em quando com os nós dos dedos: *"Gentlemen, please."* Mas isso só funcionava por um instante. Por três vezes um dos cavalheiros já saltara da mesa com violência, a face rubra, e sua esposa tivera muita dificuldade em apaziguá-lo – em suma, alguns minutos mais e nossa discussão teria terminado em socos, se subitamente mrs. C. não tivesse acalmado as ondas espumantes da conversa como um óleo suave.

Mrs. C., a velha e distinta dama inglesa de cabelos brancos, era a presidente honorária não eleita da nossa mesa. As costas muito retas em sua cadeira, dirigindo-se a cada um com a mesma cordialidade, falando pouco mas extremamente interessada no que escutava, seu próprio aspecto físico já era uma dádiva aos olhos: um recolhimento e uma calma admiráveis irradiavam-se de sua natureza aristocrática e comedida. Ela se mantinha à distância de todos, num certo sentido, ainda que com um refinado tato soubesse mostrar a cada um uma cordialidade particular: em geral sentava-se no jardim com seus livros, às vezes tocava piano, e só raramente a víamos em companhia de outras pessoas ou participando de uma conversa mais animada. Mal a notávamos, e no entanto mrs. C. tinha sobre todos nós um poder singular. Pois assim que ela interveio pela primeira vez em nossa discussão, tivemos a penosa sensação de haver falado alto demais, e de modo descontrolado.

Mrs. C. se aproveitara da pausa desagradável que surgiu quando o senhor alemão se levantou bruscamente de sua cadeira e depois tornou a se sentar. Ela ergueu inesperadamente seus olhos cinzentos e tranquilos, fitou-me por um instante, indecisa, para então abordar o tema com clareza quase objetiva.

– O senhor acredita então, se compreendi bem, que a sra. Henriette... que uma mulher pode ser precipitada sem querer em uma súbita aventura, que há ações que uma mulher assim teria considerado impossíveis uma hora antes e pelas quais não pode ser responsabilizada?

– Acredito sinceramente, minha cara senhora.

– Desse modo, então, todo julgamento moral seria completamente sem sentido, e toda violação das leis da ética, justificada. Se o senhor de fato admite que o *crime passionnel,* como dizem os franceses, não é um crime, para que os tribunais? Não é preciso ter muita boa vontade, e o senhor tem uma boa vontade surpreendente – ela acrescentou com um leve sorriso –, para descobrir então em cada crime uma paixão e, graças a essa paixão, uma desculpa.

O tom claro e ao mesmo tempo quase brincalhão de suas palavras me fez um bem extraordinário, e imitando involuntariamente seu modo objetivo de falar eu disse, meio a sério, meio de brincadeira:

– Os tribunais são sem dúvida mais severos do que eu diante de tais questões. Têm por missão proteger de modo implacável a moral geral e as convenções, o que os obriga a condenar em vez de perdoar. Eu, como indivíduo, não vejo por que meu papel deveria se assemelhar ao do ministério público; prefiro ser o advogado de defesa. Pessoalmente, encontro mais prazer em compreender as pessoas do que em julgá-las.

Mrs C. fitou-me durante algum tempo, de frente, com seus olhos claros e cinzentos, e hesitou. Eu já temia que ela não me houvesse compreendido muito bem, e me preparava para repetir em inglês o que acabara de dizer. Mas com uma seriedade notável, e como se estivesse examinando os dados, ela prosseguiu com suas perguntas.

– O senhor não acha, então, desprezível ou odioso que uma mulher abandone o marido e as duas filhas para seguir um homem qualquer que ela nem sabe ainda ser ou não digno de seu amor? Pode o senhor de fato perdoar uma conduta tão arriscada e tão impensada por parte de uma mulher que, ademais, já não é das mais jovens e que deveria ter aprendido a se respeitar, ainda que em consideração às suas filhas?

– Eu repito, minha cara senhora – insisti –, que me recuso a emitir um julgamento ou uma condenação. Mas diante da senhora posso tranquilamente reconhecer que fui um tanto exagerado, há pouco: essa pobre sra. Henriette decerto não é nenhuma heroína, tampouco tem uma natureza aventureira e menos ainda é uma *grande amoureuse*. Até onde a conheci, ela não me parece mais do que uma mulher fraca e comum, por quem tenho algum respeito já que seguiu corajosamente seus desejos, mas por quem tenho ainda mais compaixão, já que com certeza amanhã, se não hoje mesmo, será muito infeliz. Talvez tenha agido com insensatez, decerto agiu com demasiada pressa, mas sua conduta não tem nada de vil ou baixa, e continuo negando a todos o direito de desprezar essa pobre e infeliz mulher.

– E o senhor ainda tem tanto respeito e tanta consideração por ela? Não faz distinção entre a mulher honesta em cuja companhia se encontrava anteontem e aquela que partiu ontem com um homem inteiramente estranho?

– Nenhuma. Não faço a menor distinção, a mais sutil que seja.

– *Is that so?* – Involuntariamente, ela se expressou em inglês: toda a conversa parecia lhe interessar de modo singular. E após um breve instante de reflexão, seu olhar claro se ergueu mais uma vez para mim, cheio de interrogações. – E se amanhã o senhor encontrasse a sra. Henriette, digamos, em Nice, de braços dados com aquele jovem, ainda a cumprimentaria?

– Certamente.

– E falaria com ela?

– Certamente.

– Se o senhor... se o senhor fosse casado, apresentaria à sua esposa uma mulher como essa, como se nada tivesse ocorrido?

– Certamente.

– *Would you really?* – ela disse mais uma vez em inglês, com um tom estupefato e incrédulo.

– *Surely I would* – respondi também em inglês, sem me dar conta.

Mrs. C. se calou. Parecia ainda imersa em profunda reflexão, e subitamente disse, olhando para mim, como se espantada diante da própria coragem:

– *I don't know if I would. Perhaps I might do it also* – e com aquela segurança indescritível com que só os ingleses sabem pôr fim a uma conversa, de modo definitivo mas sem ser grosseiros, ela se levantou e me estendeu amigavelmente a mão. Graças à sua intervenção, a calma se restabeleceu, e em nosso íntimo estávamos gratos a ela pois, há pouco ainda adversários, agora nos cumprimentávamos com razoável cordialidade, vendo a tensão perigosa da atmosfera se dissipar sob o efeito de alguns gracejos leves.

Embora nossa discussão tivesse terminado de modo cordial, isso não impediu que uma certa frieza subsistisse entre mim e os meus parceiros após toda aquela exaltação. O casal alemão se mostrava reservado, enquanto o casal italiano se comprazia em me perguntar ao longo dos dias seguintes, com ar zombeteiro, se eu tinha notícias da *"cara signora Henrietta"*. Apesar da civilidade do nosso comportamento, algo no companheirismo leal e franco da nossa mesa havia sido irreparavelmente destruído.

A frieza irônica de meus antigos adversários tornou-se ainda mais evidente com a gentileza bastante particular que Mrs. C. passou a me dedicar depois daquela discussão. Ela, que de hábito se comportava com a mais extrema discrição e que fora das refeições raramente conversava com seus companheiros de mesa, encontrou em vários momentos a oportunidade de me dirigir a palavra no jardim – e eu quase poderia dizer distinguindo-me com isso, pois a nobre discrição de seu comportamento conferia a uma conversa particular o caráter de favor especial. Sim, para ser honesto eu devo dizer que na verdade ela me procurava e aproveitava todas as oportunidades de iniciar uma conversa comigo, e isso de modo tão visível que eu teria podido acalentar pensamentos vaidosos e estranhos, não fosse ela uma velha senhora de cabelos brancos. Mas cada vez que nos falávamos, a conversa recaía invariavelmente sobre nosso ponto de partida, sobre madame Henriette: ela parecia encontrar um prazer secreto em acusar de falta de seriedade e de retidão moral a mulher que esquecera seus deveres. Ao mesmo tempo, no entanto, parecia apreciar minha inabalável simpatia por aquela mulher fina e delicada e ver, reiteradamente, que nada podia me levar a negar essa simpatia. Ela sempre conduzia nossas conversas nessa direção, e por fim eu já não sabia mais o que pensar dessa singular e quase maníaca insistência.

Isso continuou por mais alguns dias, cinco ou seis, sem que uma única palavra sua traísse o motivo pelo qual aquele assunto parecia importante para ela. Mas vi com clareza que era, sim, importante quando, durante um passeio, disse-lhe por acaso que minha temporada ali estava chegando ao fim e que eu pretendia ir embora dali a dois dias. Então seu rosto de hábito tão tranquilo assumiu de repente uma expressão singularmente tensa, e sobre seus olhos cinzentos de mar passou como que a sombra de uma nuvem:

– Que pena! Eu ainda tenho tanto para conversar com o senhor.

E daquele instante em diante certa agitação e inquietude indicavam que enquanto falava ela pensava em outra coisa, em algo que a ocupava de modo intenso e que a desviava de nossa conversa. Por fim essa distração pareceu incomodar a ela própria, pois, após um silêncio súbito, ela me estendeu inesperadamente a mão:

– Vejo que não consigo expressar com clareza o que gostaria de lhe dizer. Prefiro lhe escrever – e foi embora com um passo mais rápido do que aquele a que eu estava habituado.

De fato, à noite, um pouco antes do jantar, encontrei em meu quarto uma carta escrita com sua letra enérgica e clara. Infelizmente, não fui muito cuidadoso com a correspondência recebida em meus anos de juventude, de modo que não tenho como reproduzir textualmente sua carta, mas apenas sugerir seu conteúdo aproximado: ela me perguntava se podia me contar um episódio da sua vida. Esse episódio era tão remoto, ela me escreveu, que já não fazia mais parte da sua vida atual, e o fato de que eu partiria dali a dois dias tornava mais fácil para ela falar de algo que a obcecava e atormentava intimamente há mais de vinte anos. Se uma conversa dessas não me fosse inoportuna, ela gostaria de me pedir uma hora.

A carta, de que só esboço aqui o conteúdo, me fascinou de modo extraordinário: o inglês por si só já lhe conferia grande clareza e firmeza. Mesmo assim, não foi fácil escrever uma resposta, e rasguei três rascunhos antes de lhe responder: "É uma honra para mim que a senhora me conceda tanta confiança, e prometo responder com sinceridade, caso seja esse o seu desejo. Claro, não posso lhe pedir que me conte mais do que o que deseja. Mas aquilo que vier a me contar o terá feito a si mesma e a mim com total sinceridade. Acredite, por favor, que considero sua confiança uma honra extraordinária."

Meu bilhete chegou ao seu quarto naquela mesma noite, e na manhã seguinte encontrei a resposta: "O senhor tem toda razão: meia verdade nada vale, só a verdade inteira. Reunirei todas as minhas forças para não dissimular nada a mim mesma ou ao senhor. Venha ao meu quarto após o jantar; aos 67 anos de idade, não temo nenhum mal-entendido. No jardim ou perto de outras pessoas não posso falar. Acredite, não foi fácil tomar essa decisão."

De dia, ainda nos vimos à mesa e conversamos cordialmente sobre assuntos sem importância. Mas já no jardim, ao me encontrar, ela me evitou visivelmente perturbada, e para mim foi a um tempo penoso e comovente ver aquela velha senhora de cabelos brancos fugir de mim por uma aleia de pinheiros, tímida como uma jovenzinha.

À noite, no horário combinado, bati na sua porta, que me foi aberta de imediato. O quarto estava numa vaga penumbra, e só um pequeno abajur sobre a mesa projetava um cone de luz amarelada no cômodo escuro. Sem qualquer constrangimento mrs. C. veio até mim, ofereceu-me uma poltrona e se sentou à minha frente: cada um desses movimentos, pude sentir, tinha sido estudado, mas seguiu-se uma pausa, aparentemente involuntária, que indicava uma decisão difícil e se tornava cada vez mais longa, e que não ousei interromper com uma palavra, pois sentia que ali uma vontade forte lutava contra uma forte resistência. Do salão lá embaixo chegavam às vezes os sons desconexos de uma valsa, e eu escutava, tenso, como para tirar desse silêncio um pouco de sua opressão. Ela também parecia desagradavelmente afetada pela duração antinatural desse silêncio, pois de repente se aprumou e começou a falar:

– Só a primeira palavra é difícil. Venho me preparando já faz dois dias para ser bastante clara e honesta; espero que consiga. Talvez o senhor ainda não compreenda por que lhe conto tudo isso, ao senhor que me é estranho, mas não se passa um dia, uma hora, sem que eu pense nesse assunto, e o senhor pode acreditar numa velha senhora quando lhe digo que é intolerável passar a vida toda com o olhar fixo num único ponto de sua existência, num único dia. Pois tudo o que vou lhe contar ocupa um período de apenas 24 horas dentro de 67 anos, e já disse a mim mesma com enlouquecedora frequência: que importa se tivemos um momento de loucura? Mas não é possível escapar àquilo que chamamos, com uma expressão bastante vaga, de consciência, e quando vi que o senhor examinava com tanta objetividade o caso Henriette, pensei que essa lembrança insensata e essa ininterrupta autoacusação teriam fim se eu me decidisse a falar livremente com alguém sobre esse único dia da minha vida. Se eu não fosse anglicana, mas sim católica, a confissão já me teria dado a oportunidade de me livrar desse segredo; mas essa consolação nos é negada, e é por isso que faço hoje esta estranha tentativa de me absolver falando com o senhor. Sei que tudo isso é bastante estranho, mas o senhor aceitou minha proposta sem hesitação, e lhe agradeço por isso.

"Disse-lhe, portanto, que gostaria de lhe contar um único dia da minha vida; o resto me parece sem importância, e enfadonho para qualquer outra pessoa. Até os meus 42 anos de idade, eu não tinha vivido nada de extraordinário. Meus pais eram ricos *landlords* na Escócia, possuíamos grandes fábricas e terras arrendadas e, à maneira da nobreza do nosso país, vivíamos em nossas propriedades durante a maior parte do ano e em Londres durante a *season*. Aos dezoito anos conheci numa festa meu marido, que era o segundo filho da conhecida família R... e servira no Exército na Índia durante dez anos. Nós nos casamos sem demora e levávamos a vida despreocupada de nossa classe social, um quarto do ano em Londres, um quarto do ano em nossas terras e o resto do tempo em hotéis na Itália, Espanha e França. Nunca a mais leve sombra perturbou nosso casamento, e os dois filhos que tivemos são hoje adultos. Eu estava com quarenta anos quando meu marido morreu subitamente. Ele contraíra, durante seus anos nos trópicos, uma doença no fígado: eu o perdi ao cabo de duas atrozes semanas. Meu filho mais velho já tinha começado sua carreira militar, e o mais novo estava na universidade – de modo que, da noite para o dia, eu me vi completamente só, e para mim, habituada ao convívio, essa solidão era um terrível sofrimento. Parecia-me impossível ficar mais um único dia que fosse na casa vazia, onde cada objeto me recordava a perda trágica do meu amado marido; assim, decidi viajar muito durante os anos seguintes, antes que meus filhos se casassem.

"No fundo, desse momento em diante passei a considerar minha vida algo sem sentido e inútil. O homem com quem durante 23 anos eu compartilhara cada hora e cada pensamento estava morto, meus filhos não precisavam de mim, e eu temia perturbar sua juventude com minha tristeza e minha melancolia, e para mim mesma eu já nada mais queria ou desejava. Fui primeiro a Paris, percorrendo as lojas e os museus por puro tédio, mas a cidade e suas coisas me pareciam estranhas, e eu evitava as pessoas, pois não suportava os olhares de polida compaixão que lançavam às minhas roupas de luto. Eu hoje já não saberia contar como se passaram aqueles meses insípidos e baços, em que vaguei feito uma cigana: tudo o que sei é que desejava morrer, mas não tinha forças para apressar o que tanto queria.

"No segundo ano de luto, ou seja, quando estava com 42 anos, naquela fuga não admitida da existência que já não tinha mais interesse para mim, acabei em Monte Carlo, no mês de março. Para dizer a verdade, foi por causa do tédio, pela náusea provocada por aquele vazio interno, que desejava se alimentar ao menos de pequenos passatempos exteriores. Quanto menos eu sentia minha sensibilidade viva, mais era atraída pelo turbilhão dos lugares onde a vida é mais rápida: para quem já nada sente, a agitação apaixonada dos outros é afinal uma experiência para os nervos, como o teatro ou a música.

"Por isso eu ia com frequência ao cassino. Excitava-me ver passar no rosto dos outros ondas de alegria ou de tristeza, enquanto em mim havia aquela assustadora vazante. Além disso, meu marido, sem ser frívolo, gostava de frequentar ocasionalmente o salão de jogos, e era com uma espécie de ato piedoso que eu continuava fiel aos seus velhos hábitos. E ali começaram essas 24 horas mais emocionantes que qualquer jogo, e que perturbaram meu destino durante anos.

"Ao meio-dia eu almoçara com a duquesa de M., parente da minha família, e depois do jantar ainda não me sentia cansada o bastante para ir me deitar. Então fui até o salão de jogos, andei a esmo de uma mesa a outra, sem jogar, fitando de um modo especial os parceiros reunidos pelo acaso. Digo de um modo especial, pois era o modo que me havia sido ensinado pelo meu falecido marido quando eu, cansada de assistir, reclamava que me aborrecia ficar vendo sempre os mesmos rostos: as velhas encolhidas que ficavam ali sentadas em suas poltronas durante horas a fio antes de arriscar uma ficha, os profissionais astuciosos e as coquetes dos jogos de cartas, toda aquela sociedade questionável reunida ali e que, como o senhor sabe, é bem menos pitoresca e romântica do que o retrato que sempre se faz dela nesses miseráveis romances, onde é representada como *fleur d'élégance* e como a aristocracia europeia. E no entanto há vinte anos, quando ainda rolava dinheiro visível e concreto, quando as notas estalando de novas, os napoleões de ouro e as grandes moedas de cinco francos se misturavam, o cassino era infinitamente mais interessante do que hoje, quando naquela pomposa cidadela do jogo construída em estilo moderno um público aburguesado de viajantes desperdiça com enfado suas fichas sem personalidade. Naquela época, entretanto, eu já achava pouco encanto naquela monotonia de rostos indiferentes, até que um dia meu marido, cuja paixão privada era a quiromancia, a leitura das mãos, indicou-me um modo bastante especial de olhar, um modo bem mais interessante, excitante e cativante do que ficar ali plantada com indolência: jamais fitar os rostos, apenas o retângulo da mesa, e ali somente as mãos dos jogadores e o seu movimento particular. Não sei se o senhor por acaso algum dia se limitou a fitar as mesas verdes, somente o retângulo verde em cujo centro a bola salta feito bêbada de um número a outro e onde, no interior das casas quadrangulares, pedaços de papel e moedas de prata e de ouro caem como sementes que em seguida o rodo do crupiê arrasta com um golpe súbito ou empilha diante do ganhador. A única coisa que varia nessa perspectiva são as mãos – as muitas mãos, claras, agitadas ou à espera ao redor da mesa verde, cada uma brotando de uma manga diferente, parecendo uma fera prestes a atacar, cada uma com sua forma e sua cor, algumas nuas, outras armadas de anéis e de correntes chocalhando, algumas peludas como bestas selvagens, outras úmidas e sinuosas como enguias, mas todas elas tensas e vibrando com uma enorme impaciência. Involuntariamente, eu sempre pensava numa pista de corrida onde, antes da largada, os cavalos excitados são contidos com dificuldade, de modo a não dispararem antes do momento certo: é dessa exata maneira que as mãos tremem e se erguem e se alvoroçam. Elas revelam tudo, em seu modo de esperar, de segurar e de parar: o ganancioso se revela na mão com garras, o perdulário na mão frouxa, o calculista na mão calma, o desesperado na mão trêmula; centenas de personalidades se traem com a rapidez do raio no gesto de apanhar o dinheiro, quando uma o amassa, outra o espalha nervosa, outra, esgotada, deixa-o largado ali, a mão inerte, enquanto a roda gira. As pessoas se revelam no jogo, um lugar-comum, eu sei; mas digo que sua mão, durante o jogo, revela-as com perfeição ainda maior. Pois todos ou quase todos os jogadores cedo aprenderam a controlar a expressão do rosto: lá no alto, acima do colarinho, usam a máscara fria da *impassibilité*; forçam o desaparecimento das linhas ao redor da boca, contêm as emoções por trás dos dentes cerrados, roubam aos próprios olhos o reflexo de sua inquietude, alisam os músculos de sua face, de modo a aparentar uma indiferença artificial e estilizada. Mas justo porque toda sua atenção se concentra convulsivamente em dissimular no rosto o que há de mais visível em sua pessoa, esquecem-se de suas mãos, esquecem-se de que há quem observe apenas essas mãos e que nelas adivinham tudo o que o lábio sorridente e os olhares fingindo indiferença tentam ocultar. A mão trai sem pudor aquilo que têm de mais secreto. Pois chega invariavelmente o momento em que todos aqueles dedos, contidos com esforço e parecendo adormecidos, saem de sua pretensa lassidão: no segundo decisivo em que a bola da roleta cai em sua casinha e quando é anunciado o número ganhador, nesse segundo cada uma daquelas cem ou quinhentas mãos faz involuntariamente um movimento bastante pessoal, bastante individual, imposto pelo instinto primitivo. E quando se está, como eu estou há muito tempo, graças ao passatempo do meu marido, habituado a observar essa arena das mãos, o rompante sempre diverso e imprevisível dos temperamentos sempre diferentes é mais apaixonante que o teatro ou a música; não tenho como lhe descrever quantos milhares de atitudes há nas mãos durante o jogo, bestas selvagens com dedos peludos e tortos que agarram o dinheiro feito aranhas, mãos nervosas, trêmulas, com unhas pálidas, que mal ousam tocá-lo, mãos nobres e vis, brutais e tímidas, astuciosas ou hesitantes, mas cada uma com seu modo particular de ser, pois cada um desses pares de mãos exprime uma vida diferente, à exceção daquelas de quatro ou cinco crupiês. Essas são verdadeiras máquinas, funcionam com precisão objetiva, profissional, completamente neutras em oposição à vida exaltada das precedentes, funcionam com o ruído metálico de uma caixa registradora. Mas mesmo essas mãos indiferentes produzem por sua vez um efeito espantoso em contraste com suas irmãs apaixonadas e sempre à caça: usam, eu poderia dizer, um outro uniforme, como policiais em meio a um tumulto popular. Além do mais, há o estímulo pessoal de se estar, após alguns dias, familiarizado com os múltiplos hábitos e paixões de cada uma dessas mãos; depois de alguns dias eu já tinha algumas conhecidas entre elas e as classificava, como se fossem pessoas, em simpáticas e antipáticas: algumas me eram tão desagradáveis em sua grosseria e sua ganância que meu olhar sempre se desviava delas como se fossem indecentes. Cada nova mão que aparecia na mesa, contudo, era para mim um acontecimento e uma curiosidade: com frequência eu me esquecia de olhar para o rosto correspondente que, no alto, ficava ali imóvel como uma fria máscara social, acima de uma camisa de smoking ou de um busto reluzente.

"Quando então entrei no cassino naquela noite e, após passar diante de duas mesas lotadas, me aproximava de uma terceira, já preparando algumas moedas de ouro, ouvi com surpresa, naquele instante de pausa inteiramente muda, cheia de tensão e silêncio vibrante que se produz quando a bola, já mortalmente cansada, oscila entre dois números apenas, nesse instante ouvi diante de mim um ruído bastante singular, o estalar e o ranger de juntas rompidas. Involuntariamente, olhei para o outro lado da mesa. E ali eu vi – na verdade, assustada! – duas mãos como jamais vira antes, a mão direita e a mão esquerda, enganchadas uma na outra como dois animais se atacando, esticavam e se agarravam com tamanha tensão acumulada que as articulações estalavam com o ruído seco de uma noz sendo quebrada. Eram mãos de singular beleza, extraordinariamente longas, extraordinariamente finas, e ainda assim atravessadas por músculos rígidos – muito brancas, com unhas pálidas, peroladas e arredondadas. Observei-as, a partir dali, durante toda a noite (sim, fiquei a contemplá-las, aquelas mãos extraordinárias, realmente únicas), mas o que me surpreendeu de modo assustador foi seu arrebatamento, sua expressão loucamente apaixonada, aquele entrelaçar-se e aferrar-se convulsivo uma à outra. Ali estava, compreendi de imediato, alguém transbordante de paixão, que a concentrava toda nas pontas de seus dedos, para não acabar destroçado por ela. E então... no instante em que a bola caiu numa casa com um ruído seco e áspero, e o crupiê disse o número em voz alta... nesse instante de repente as duas mãos se separaram, como dois animais varados por uma mesma bala. Ambas caíram, verdadeiramente mortas e não apenas esgotadas; caíram com uma expressão tão plástica de abatimento, de desilusão, como que atingidas por um raio, que nem sei como descrever em palavras. Pois eu jamais vira e jamais voltei a ver mãos tão expressivas, em que cada músculo era como uma boca e em que a paixão se mostrava, tangível, quase que por todos os poros. Ficaram por mais um instante estendidas sobre a mesa verde, feito medusas arrastadas à costa, achatadas e mortas. Depois, uma delas, a direita, começou com muito custo a mover as pontas dos dedos. Tremeu, retraiu-se, girou sobre si mesma, hesitou, descreveu um círculo e por fim agarrou nervosa uma ficha que fez rolar insegura entre o polegar e o indicador, como uma pequenina roda. E subitamente essa mão se arqueou como uma pantera, arredondando o dorso, e lançou – ou antes cuspiu a ficha de cem francos no meio da área negra. De imediato, como que a um sinal, a agitação se apossou também da mão esquerda, até então inerte; ela despertou, deslizou, ou, antes, se arrastou na direção de sua irmã trêmula, que parecia cansada após aquele gesto, e as duas ficaram ali, tremendo, uma ao lado da outra, como dentes que se entrechocam com a febre, batendo com as juntas na mesa sem fazer ruído; não, eu jamais vira mãos tão extraordinariamente expressivas, com uma forma de agitação e tensão tão espasmódica. Tudo o mais naquele espaço abobadado, o ruído do salão, o grito de mercador dos crupiês, o ir e vir das pessoas e o da própria bola que agora, lançada do alto, saltava feito doida sobre o chão liso de sua gaiola: toda essa multiplicidade de impressões zumbindo e sibilando e perseguindo meus nervos me parecia morta, de repente, e imóvel ao lado daquelas duas mãos trêmulas, ofegantes, como que sem fôlego, expectantes, geladas, ao lado daquelas duas mãos incríveis que eu contemplava como que enfeitiçada.

"Mas por fim não pude mais resistir: precisava ver a pessoa, ver o rosto a que pertenciam aquelas mãos mágicas, e, temerosa – sim, verdadeiramente temerosa, aquelas mãos me davam medo! –, meu olhar subiu devagar pelas mangas até os ombros estreitos. E mais uma vez me assustei, pois aquele rosto falava a mesma linguagem desenfreada e fantasticamente tensa das mãos, tinha a mesma expressão de terrível fúria e a mesma beleza delicada e quase feminina. Eu jamais vira um rosto assim, um rosto virado ao avesso, como se tivesse sido arrancado de si mesmo, e tive uma excelente oportunidade de examiná-lo à vontade, como uma máscara, como uma espécie de escultura sem olhos: nem à direita, nem à esquerda se voltava por um segundo que fosse aquele olho possesso; a pupila, rígida e negra, era como uma bola de vidro sem vida sob as pálpebras escancaradas, reflexo daquela outra bola cor de mogno que rolava, que saltava louca e insolente na pequena bacia redonda da roleta. Jamais, devo repetir, eu vira um rosto tão exaltado e fascinante. Era o rosto de um jovem de seus 24 anos, um rosto pequeno, delicado, um pouco oblongo e por isso tão expressivo. Assim como as mãos, o rosto nada tinha de viril, parecendo antes pertencer a uma criança apaixonadamente entregue a um brinquedo; mas isso eu só vim a notar mais tarde, já que naquele instante o rosto estava completamente tomado por uma expressão notável de avidez e furor. A boca pequena, aberta e ofegante, deixava ver um pouco os dentes: a uma distância de dez passos era possível vê-los se entrechocar, febris, enquanto os lábios permaneciam rígidos e abertos. Uma mecha de cabelo, de um louro luminoso, estava colada na testa, tombada para a frente como numa queda, e havia um frêmito ininterrupto em suas narinas, como se pequenas ondas invisíveis corressem sob a pele. E essa cabeça, muito inclinada para a frente, pendia mais e mais, inconscientemente, dando a impressão de que estava sendo conduzida pelo giro da bolinha; foi só então que entendi o convulsivo crispar de suas mãos: era somente através daquela pressão, somente através daquele esforço extremo que o corpo, tombando para fora de seu centro, ainda se mantinha em equilíbrio. Preciso repetir que nunca antes vira um rosto em que a paixão brotasse de forma tão explícita, tão bestial, tão despudoradamente nua, e eu continuava a observá-lo fixamente, aquele rosto... tão fascinada, tão hipnotizada por sua possessão quanto seu olhar pela bola que saltava e rolava.

Daquele segundo em diante, nada mais notei no salão. Tudo me parecia maçante, opaco e baço, tudo me parecia obscuro em comparação ao fogo que brotava daquele rosto; sem prestar atenção em mais ninguém, fiquei observando talvez durante uma hora aquele único homem e cada um de seus gestos: como uma luz intensa faiscava em seus olhos, o emaranhado convulsivo das mãos sendo agora como que rasgado por uma explosão, os dedos se desatando com violência, trêmulos, enquanto o crupiê empurrava na direção de seu ávido gesto vinte moedas de ouro. Nesse instante, o rosto se iluminou de repente e rejuvenesceu por completo, as rugas se desfizeram, os olhos começaram a brilhar e o corpo, contraído, pendendo para a frente, se endireitou, radiante e ágil: ele agora se sentava ali com a leveza de um cavaleiro impelido pela sensação do triunfo. Os dedos faziam tilintar com vaidade e amor as peças redondas, faziam-nas deslizar umas sobre as outras, dançar e retinir como num jogo. Em seguida, ele voltou o rosto de novo com inquietude, percorreu a superfície verde da mesa com as narinas frementes de um jovem cão de caça em busca do rastro certo, e de súbito, com um gesto rápido e nervoso, despejou todas as moedas de ouro sobre um dos retângulos. E logo depois recomeçou aquela espreita, aquela enorme expectativa. Mais uma vez brotaram-lhe dos lábios aquelas trêmulas ondulações elétricas, mais uma vez as mãos se crisparam, a face de menino desapareceu por trás da ansiedade da cobiça, até que, como numa explosão, a decepção dissolveu toda aquela tensão fremente: o rosto, que um momento antes parecia o de um menino, desbotou, tornou-se baço e envelhecido, os olhos ficaram escuros e sem brilho, e tudo isso no intervalo de um único segundo, enquanto a bola parava no número errado. Ele tinha perdido; durante alguns segundos seu olhar se manteve fixo, com um ar quase apalermado, como se não tivesse entendido. Mas logo, ao primeiro chamado do crupiê, seus dedos agarraram de novo algumas moedas de ouro. Ele perdera a segurança, porém; de início colocou as moedas num campo, depois, mudando de ideia, noutro, e quando a bola já rodava colocou depressa sobre o quadrado, a mão trêmula, obedecendo a uma súbita inspiração, mais duas notas amassadas de dinheiro.

"Essa tensa alternância de perdas e ganhos durou cerca de uma hora, ininterrupta, e ao longo dessa hora não desviei por um instante que fosse meu olhar fascinado daquele rosto sempre em mutação, no qual passavam o fluxo e o refluxo de todas as paixões. Não tirei os olhos daquelas mãos mágicas, que repetiam em cada um de seus músculos toda a escala das sensações, subindo e descendo como um chafariz. No teatro eu jamais observara o rosto de um ator com tanto interesse como observava agora aquela face onde se sucediam sem cessar e bruscamente, como as luzes e sombras numa paisagem, as cores e sensações mais cambiáveis. Jamais mergulhara num jogo tão inteiramente como no reflexo daquela estranha paixão. Se alguém me observasse nesse momento, teria sem dúvida tomado a fixidez do meu olhar por um estado de hipnose, e era bem essa a semelhança – eu era incapaz de afastar os olhos daquele jogo de expressões, e tudo o que se passava no salão, luzes, risos, pessoas e olhares, flutuava ao meu redor como algo disforme, como uma fumaça amarela em meio à qual estava aquele rosto, chama entre as chamas. Eu não ouvia nada, não sentia nada, não via as pessoas que se acotovelavam ao meu redor, nem as outras mãos se estendendo de repente feito antenas, para jogar dinheiro ou apanhá-lo aos punhados; não enxergava a bola nem ouvia a voz do crupiê, e ainda assim via, como num sonho, tudo o que se passava, amplificado e avolumado pela emoção e pela exaltação, no espelho côncavo daquelas mãos. Pois, para saber se a bolinha caía no vermelho ou no preto, rolava ou parava, eu não precisava olhar para a roleta: cada fase, perda ou ganho, espera ou decepção, imprimia-se a fogo nos nervos e nas expressões daquele rosto dominado pela paixão.

"Mas veio então um momento terrível, um momento que eu temera vagamente durante todo aquele tempo, um momento que pairava sobre os meus nervos tensos como uma tempestade iminente, e que de repente fez com que se rompessem. Mais uma vez a bolinha havia parado em seu nicho, fazendo pequenos estalidos ao quicar; mais uma vez chegara aquele segundo durante o qual duzentos lábios prendiam a respiração, até ouvir a voz do crupiê anunciar – dessa vez, zero –, seu rodo apressado já recolhendo de todos os cantos moedas tilintantes e papel crepitante. Nesse momento, as duas mãos crispadas fizeram um movimento particularmente assustador: saltaram, como que para se apossar de algo que não estava ali, depois tombaram, abatidas pela força da gravidade e como que mortalmente exaustas, sobre a mesa. Mas em seguida recobraram de súbito a vida, uma vez mais, correram febris da mesa ao corpo do qual faziam parte, subiram como gatos selvagens pelo tronco, revirando nervosas todos os bolsos, em cima, abaixo, à direita e à esquerda, para ver se ainda haveria em algum lugar um dinheiro esquecido. Mas retornaram sempre vazias, e renovaram com mais ardor aquela busca vã e inútil, enquanto a roleta voltara a girar, o jogo dos outros continuava, moedas tilintavam, cadeiras eram empurradas e mil pequenos ruídos enchiam a sala. Eu tremia, sacudida pelo horror: participava, involuntariamente, de tudo aquilo, de tal modo que era como se fossem meus os dedos que tateavam desesperados os bolsos e as dobras da roupa toda amarrotada em busca de uma moeda qualquer. E de repente, com um gesto brusco o homem se levantou diante de mim, como alguém que se sente subitamente mal e se põe de pé em busca de ar. A cadeira tombou no chão atrás dele com um ruído seco. Mas sem notar, e sem prestar atenção nos vizinhos, que se esquivavam acanhados e atônitos, ele se afastou da mesa com passos incertos.

"Diante disso, fiquei como que petrificada. Pois compreendi de imediato aonde ia aquele homem: ao encontro da morte. Quem se levantava daquele jeito não voltava certamente ao hotel, nem ia a uma taverna, ao encontro de uma mulher, a um vagão de trem, a não importa que situação da vida, mas se precipitava diretamente no nada. Até mesmo o mais calejado dos presentes naquela sala dos infernos teria de reconhecer que aquele indivíduo já não tinha amparo em lugar algum, nem em casa, nem no banco, nem com seus parentes; que havia se sentado ali e apostado seu último dinheiro e sua própria vida, e que agora, com aquele passo titubeante, ia embora não para outro lugar qualquer, mas decerto para fora daquela vida. Era o que eu receara: desde o primeiro instante sentira magicamente que ali estava em jogo algo superior às perdas e ganhos, e no entanto foi como a explosão de um raio negro dentro de mim ver que a vida abandonava de súbito os seus olhos, e que a morte imprimia sua cor lívida àquele rosto pouco antes cheio de energia. Involuntariamente (tal o ponto em que me sentia afetada por seus gestos plásticos) tive de me segurar com força enquanto aquele homem se levantava com esforço e se afastava cambaleando, pois seu cambalear penetrava agora meu corpo, vindo do seu, do mesmo modo como antes sua tensão entrara em minhas veias e em meus nervos. Mas em seguida fui como que *arrastada*, e tive de ir atrás dele: involuntariamente, meus pés se puseram em movimento. Isso se deu de modo totalmente inconsciente; não era eu quem agia, mas algo em mim fez com que, sem prestar atenção em mais ninguém e sem notar meus próprios movimentos, eu corresse até o saguão.

"Ele estava na chapelaria, o criado lhe trouxera o sobretudo. Mas seus braços já não lhe obedeciam: então o criado o ajudou, como se ele fosse um aleijado, a enfiá-los a custo nas mangas. Eu o vi tatear mecanicamente o bolso do colete para lhe dar uma gorjeta, mas os dedos saíram vazios. Então ele pareceu se lembrar de tudo; balbuciou algumas palavras constrangidas ao empregado e, como antes, avançou com um solavanco, descendo cambaleante, feito um bêbado, os degraus de entrada do cassino, de onde o empregado o observou por um longo instante com um sorriso de início desdenhoso, depois compreensivo.

"Aquela cena foi tão perturbadora que senti vergonha de estar olhando. Involuntariamente desviei o rosto, incomodada por assistir, como do camarote do teatro, ao desespero de um estranho – mas de súbito aquela angústia incompreensível avolumou-se outra vez dentro de mim. Pedi depressa meu casaco e, sem pensar em nada específico, mecanicamente, impulsivamente, saí atrás daquele estranho na escuridão."

Mrs. C. interrompeu por um instante seu relato. Estivera sentada o tempo todo imóvel à minha frente e falara quase que sem pausas, com aquela calma e aquela objetividade tão suas, como só pode fazer alguém que se preparou para isso e pôs os acontecimentos cuidadosamente em ordem. Era a primeira vez que ela se interrompia, hesitando, e de repente, abandonando seu relato, dirigiu-se a mim de modo direto:

– Prometi ao senhor e a mim mesma – ela começou, um tanto inquieta – que ia lhe contar tudo com sinceridade absoluta. Mas preciso pedir agora que acredite por completo nessa minha sinceridade, e que não atribua ao meu modo de agir motivos ocultos, que hoje em dia talvez já não me fariam ruborizar, mas que neste caso seriam suspeitas infundadas. Devo portanto enfatizar que, se fui atrás daquele jogador arruinado pelas ruas, eu não estava em absoluto apaixonada por aquele jovem; sequer pensava nele como um homem, e com efeito eu, que era uma mulher de mais de quarenta anos, jamais lançara um único olhar na direção de um homem desde a morte do meu marido. Era algo que fazia *definitivamente* parte do passado para mim: insisto neste ponto e é preciso que o faça, pois de outro modo o senhor não compreenderia tudo o que se seguiu de terrível. Claro, seria difícil para mim, por outro lado, qualificar com precisão o sentimento que me levou de modo tão irresistível a seguir aquele infeliz: havia curiosidade, mas sobretudo um medo terrível ou, melhor dizendo, o medo *de* algo terrível que eu havia sentido desde o primeiro segundo pairar como uma nuvem ao redor dele. Mas não é possível dissecar nem analisar tais impressões, sobretudo porque elas se produzem, misturadas umas às outras, com demasiada violência, rapidez e espontaneidade; é provável que eu apenas tenha feito o gesto instintivo de ajuda que fazemos ao puxar uma criança prestes a correr diante de um automóvel na rua. Como explicar, do contrário, que as pessoas que não sabem nadar se lancem do alto de uma ponte ao socorro de alguém que se afoga? É apenas uma força mágica que as impele, uma determinação que as move antes que tenham tempo de refletir sobre a insensata temeridade de sua atitude; e foi dessa exata maneira, sem pensar em nada, irrefletida e inconscientemente, que segui então aquele infeliz da sala de jogos até a saída, e dali até o terraço.

"E tenho certeza de que nem o senhor nem qualquer pessoa sensível e atenta teria conseguido escapar daquela ansiosa curiosidade, pois nada era mais lamentável do que o aspecto daquele homem de 24 anos, se tanto, que se arrastava, feito um velho, cambaleando como se estivesse bêbado, as pernas frouxas, da escada até o terraço que dava para a rua. Deixou-se cair num banco, pesadamente, feito um saco. Mais uma vez senti, estremecendo, que aquele homem tinha chegado ao fim. Só um morto se abandona desse jeito, ou então alguém que já não se prende à vida por um fio que seja. Inclinada, a cabeça caía sobre as costas do banco, os braços pendiam inertes para o chão; na penumbra bruxuleante dos lampiões, qualquer passante o teria tomado por alguém que levara um tiro. E foi assim (não posso explicar como essa visão surgiu de repente em mim, mas estava ali, tão concreta, terrível e apavorantemente verdadeira), foi assim, com o aspecto de alguém que levara um tiro, que eu o vi diante de mim naquele segundo, e tive a certeza absoluta de que trazia um revólver no bolso e que no dia seguinte encontrariam seu corpo estendido sobre aquele banco ou algum outro, sem vida e coberto de sangue. Pois o modo como ele desabara ali era o de uma pedra que cai no abismo e só para ao atingir o fundo: eu jamais vira uma postura física expressar tanto cansaço e tanto desespero.

"Agora imagine minha situação: eu me encontrava vinte ou trinta passos atrás do banco onde aquele homem imóvel e alquebrado estava sentado e não sabia o que fazer, de um lado movida pela vontade de ajudar, de outro refreada pela timidez adquirida e herdada que me proibia de dirigir a palavra a um estranho na rua. Os lampiões bruxuleavam fracos no céu nublado, apenas uns poucos vultos apressados passavam por ali, pois já ia dar meia-noite, e eu estava praticamente sozinha no parque com aquele potencial suicida. Cinco, dez vezes eu já reunira todas as minhas forças e caminhara na direção dele, mas o pudor sempre me detinha, ou talvez aquele instinto, aquele pressentimento profundo de que aqueles que caem com frequência arrastam consigo quem lhes oferece ajuda – e nessa indecisão sentia com clareza o absurdo e o ridículo da situação. Ainda assim, não conseguia nem falar, nem ir embora, fazer algo ou deixá-lo. E espero que o senhor acredite em mim se lhe digo que fiquei desse jeito no terraço, indo e vindo sem saber que decisão tomar, talvez durante uma hora, uma hora interminável, enquanto milhares e milhares de pequenas ondulações do mar invisível rasgavam o tempo, de tal modo me perturbava e me prendia aquela imagem da aniquilação completa de um ser humano.

"Eu não encontrava, contudo, coragem para falar ou para agir, e teria passado metade da noite ali, esperando, ou talvez um egoísmo defensivo me levasse por fim de volta para casa (sim, acredito mesmo que já estivesse decidida a abandonar aquele montinho de miséria em sua impotência), mas algo superior triunfou sobre minha indecisão: começou a chover. Durante toda a noite o vento havia reunido pesadas nuvens de primavera sobre o mar. Sentia-se com os pulmões e com o coração que o céu estava opressivo; subitamente, uma gota caiu, e logo uma chuva forte desabou, em rajadas açoitadas pelo vento. Sem refletir, refugiei-me sob a marquise de um quiosque, e mesmo com o guarda-chuva aberto as rajadas respingavam água no meu vestido. Eu sentia até no rosto e nas mãos a poeira fria das gotas que respingavam ao cair no chão.

"Porém (e era algo tão terrível de ver que ainda hoje, passados vinte anos, sinto um nó na garganta ao lembrar), apesar daquele dilúvio torrencial, o infeliz continuava imóvel sobre o banco. A água escorria e gorgolejava por todas as calhas, ouvia-se o barulho trovejante das carruagens na cidade, por todo lado vultos passavam correndo com as golas dos sobretudos levantadas, todas as coisas vivas se encolhiam, fugiam assustadas em busca de abrigo, homens e bichos com medo do elemento que desabava; só aquele homem vestido de preto e todo embolado em si mesmo não movia um músculo. Eu lhe disse, anteriormente, que aquele homem possuía o poder mágico de expressar seus sentimentos através dos menores movimentos e gestos; mas nada, nada poderia expressar melhor o desespero, o abandono e a morte em vida do que aquela imobilidade, o modo como continuava sentado ali, inerte e insensível sob a chuva que desabava, o cansaço grande demais para que ele se levantasse e desse os poucos passos necessários até encontrar um abrigo qualquer, aquela indiferença suprema diante de sua própria existência. Escultor algum, poeta algum, nem mesmo Michelangelo, nem mesmo Dante, jamais conseguiram me transmitir o desespero supremo, a miséria suprema na Terra, de modo tão arrebatador como aquele ser humano que se deixava alagar pela tempestade, já indiferente e exausto demais para se obrigar a fazer um único gesto em busca de proteção.

"Isso me arrancou de onde eu estava, não tinha como agir de outro modo. Saí correndo sob o açoite da chuva intensa e sacudi aquele fardo humano encharcado, insistindo para que se levantasse do banco. 'Venha!', segurei seu braço. Algo indefinível me fitou com dificuldade. Uma espécie de movimento pareceu querer se produzir devagar nele, que no entanto não me compreendia. 'Venha!', puxei de novo a manga encharcada, dessa vez já quase com raiva. Ele então se levantou devagar, sem vontade, cambaleante. 'O que a senhora deseja?', perguntou. Não encontrei uma resposta, pois não sabia nem mesmo aonde ir com ele: só queria tirá-lo daquele frio intenso, daquele seu estado insensato e suicida de profundo desespero. Não larguei seu braço. Continuei puxando-o; arrastei aquele corpo sem forças até o quiosque, cuja marquise estreita o protegia pelo menos um pouco dos ataques furiosos da chuva açoitada pelo vento. Para além disso eu não sabia nada, não queria nada. Só o que desejava era arrastar aquele homem para baixo de um teto, para algum lugar seco: não pensara ainda em mais nada.

"E assim ficamos os dois, um ao lado do outro, naquele pequeno espaço protegido, tendo às nossas costas a parede do quiosque e acima somente o telhadinho debaixo do qual a chuva incansável que se espalhava traiçoeira lançava, em rajadas súbitas, borrifos esparsos de água fria em nossas roupas e em nosso rosto. A situação ficou insuportável. Eu não podia mais ficar parada ali, junto àquele estranho todo encharcado. E por outro lado era impossível, depois de tê-lo arrastado comigo, deixá-lo e ir embora sem dizer uma única palavra. Era preciso fazer algo; pouco a pouco, obriguei-me a pensar com clareza. O melhor, concluí, era levá-lo até sua casa de carro e ir para casa eu também: no dia seguinte, ele saberia pedir ajuda. E então perguntei àquele homem imóvel perto de mim, com seu olhar fixo na noite tempestuosa: 'Onde o senhor mora?' 'Não tenho casa... só cheguei ontem à noite de Nice... não é possível ir até onde eu moro.' Não compreendi de imediato a última frase. Só mais tarde entendi que aquele homem me tomava por uma... por uma garota de programa, dessas que espreitam aos bandos os arredores do cassino, à noite, na esperança de arrancar algum dinheiro dos jogadores com sorte ou bêbados. Afinal, como poderia ele pensar diferente, já que somente agora, ao lhe contar a história, dou-me conta de como era fantástica e pouco plausível a minha situação?

O que mais ele poderia ter pensado de mim? O modo como eu o arrancara do banco e o arrastara sem a menor hesitação não era, realmente, o de uma dama. Mas isso não me ocorreu de início. Só mais tarde, já tarde demais, fui aos poucos tomando consciência daquele terrível mal-entendido. Pois de outro modo eu jamais teria pronunciado as palavras seguintes, que só tinham como fortalecer seu engano. 'Então vamos procurar um quarto num hotel. O senhor não pode ficar aqui. Precisa ir para algum lugar.'

"Mas logo me dei conta do equívoco, pois sem se virar para mim ele se contentou em dizer, com certa ironia: 'Não, não preciso de um quarto, não preciso de mais nada. Não se dê ao trabalho, não há nada que se possa tirar de mim. Você veio falar com a pessoa errada, não tenho dinheiro.'

"Isso foi dito com uma expressão terrível, com uma indiferença impressionante. E sua atitude, aquela maneira de se apoiar inerte na parede do quiosque, todo molhado, encharcado até os ossos e completamente esgotado, afetou-me a tal ponto que não tive tempo de dar vazão ao tolo e mesquinho impulso de me sentir ofendida. Meu único sentimento era o mesmo desde o início, desde que eu o havia visto sair cambaleante do salão, e que durante aquela hora inimaginável não me abandonara: um ser humano jovem e cheio de vida estava a ponto de morrer, e eu *precisava* salvá-lo. Aproximei-me.

"'Não se preocupe com o dinheiro, venha comigo! O senhor não pode ficar aqui. Vou encontrar um lugar. Não se preocupe com nada, só venha comigo!'

"Ele virou a cabeça, e senti, enquanto a chuva tamborilava surda ao nosso redor e o beiral despejava água aos nossos pés, que na escuridão ele se esforçava pela primeira vez para ver o meu rosto. Seu corpo também pareceu despertar lentamente daquela letargia.

"'Está bem, como queira', disse ele, cedendo. 'Para mim tanto faz... afinal, por que não? Vamos.' Abri meu guarda-chuva, ele se aproximou e passou o braço pelo meu. Essa súbita familiaridade me foi bastante desagradável. Assustou-me, e fui tomada pelo pavor até o fundo do coração. Mas não tive coragem de impedi-lo, pois se o rejeitasse naquele momento ele voltaria a cair no abismo, e tudo o que eu fizera até então teria sido em vão. Andamos os poucos passos de volta em direção ao cassino. Só então me dei conta de que não sabia o que fazer com ele. O melhor, após uma breve reflexão, me pareceu ser levá-lo a um hotel, dar-lhe algum dinheiro para que pudesse pagar por um quarto e voltar à sua casa no dia seguinte; para além disso não pensei. E como passavam carruagens diante do cassino naquele momento, chamei uma delas, e subimos. Quando o cocheiro perguntou aonde íamos, a princípio eu não soube o que responder. Mas imaginando de repente que aquele homem encharcado até os ossos não seria admitido em nenhum dos bons hotéis – e, por outro lado, sendo a mulher inexperiente que eu era, e sem pensar em absoluto numa possível ambiguidade, contentei-me em dizer ao cocheiro: 'A um hotel barato qualquer.'

"O cocheiro, indiferente, ensopado de chuva, fez partir os cavalos. O estranho ao meu lado permaneceu mudo; as rodas chacoalhavam e a chuva açoitava com violência as janelas: naquele retângulo escuro, mais parecendo um caixão, era como se eu acompanhasse um cadáver. Tentei refletir, encontrar alguma palavra para atenuar a singularidade e o horror daquela promiscuidade silenciosa, mas nada me ocorreu. Após alguns minutos, a carruagem parou. Desci primeiro e paguei ao cocheiro, enquanto ele, como que tonto de sono, fechava a porta da carruagem. Estávamos agora diante de um hotelzinho que eu não conhecia; sobre nós, uma marquise abaulada de vidro oferecia modesta proteção contra a chuva, que ao nosso redor varava a noite impenetrável com uma espantosa monotonia.

"O desconhecido, cedendo ao próprio peso, apoiara-se involuntariamente na parede, e a água escorria de seu chapéu encharcado, de suas roupas amarrotadas. Ele estava ali como um afogado retirado de dentro do rio, os sentidos ainda atordoados, e em torno daquele lugar preciso onde se apoiava a água que escorria formava um riachinho. Mas ele não fazia o menor esforço para se secar, para sacudir o chapéu de onde gotas escorriam sem cessar sobre sua testa e seu rosto. Estava ali completamente impassível, e eu não conseguiria lhe dizer como aquela fragilidade me comovia.

"Mas agora era preciso agir. Remexi dentro da minha bolsa: 'Tome aqui cem francos', falei, 'pague um quarto e volte para Nice amanhã.'

"Ele olhou para mim, espantado. 'Eu o observei no salão de jogos', insisti, percebendo sua hesitação. 'Sei que perdeu tudo, e temo que esteja a ponto de cometer uma tolice. Não é vergonha alguma aceitar ajuda... aqui, pegue.'

"Mas ele empurrou minha mão de volta com uma energia que eu não julgava possível de sua parte. 'Você é muito gentil', falou, 'mas não desperdice seu dinheiro. Não há mais como me ajudar. Não faz a menor diferença que eu durma ou não esta noite. Amanhã será o fim de tudo. Não há como me ajudar.'

"'Não, o senhor precisa aceitar', insisti, 'amanhã vai mudar de ideia. Agora suba e durma. De dia as coisas são diferentes.'

"Porém, como eu lhe estendesse de novo o dinheiro, ele empurrou minha mão quase que com violência. 'Esqueça', repetiu com voz surda, 'isso não tem utilidade para mim. É melhor que tudo se passe do lado de fora do que sujar de sangue o quarto das pessoas. Cem francos não podem me ajudar, nem mil. Eu voltaria amanhã ao cassino com os poucos francos que me restassem e só iria embora depois que tivesse perdido tudo. Para que recomeçar? Para mim, já basta.'

"O senhor não pode avaliar a impressão que aquele tom surdo me causou, no fundo da minha alma, mas imagine a situação: a dois passos de distância está um ser humano jovem, vivo, bem-apessoado, e sabemos que, se não usarmos de todas as nossas forças, essa jovem existência que pensa, fala e respira em duas horas não passará de um cadáver. E então fui tomada por uma espécie de cólera, pelo desejo furioso de vencer aquela resistência insensata. Segurei-lhe o braço: 'Chega de bobagem! O senhor vai entrar imediatamente no hotel e pedir um quarto, e amanhã de manhã virei buscá-lo e levá-lo à estação. Precisa ir embora daqui, precisa voltar para casa amanhã mesmo, e não terei sossego até vê-lo eu mesma no trem, com a passagem na mão. Não se joga a vida fora, quando se é jovem, porque se perdeu algumas centenas ou alguns milhares de francos. É uma covardia, uma histeria boba causada pela raiva e pela amargura. Amanhã o senhor mesmo há de me dar razão.'

"'Amanhã!', repetiu ele com um tom estranhamente amargo e irônico. 'Amanhã! Se você soubesse onde estarei amanhã! Se eu próprio soubesse!

Estou, para dizer a verdade, até um tanto curioso. Não, volte para casa, minha filha, não se esforce à toa nem desperdice seu dinheiro.'

"Mas não cedi. Era como uma espécie de mania, de fúria, em mim. Segurei sua mão com violência e coloquei a nota à força dentro dela. 'O senhor vai pegar o dinheiro e subir agora mesmo!' Com isso, fui resoluta até a campainha e toquei. 'Pronto, agora toquei a campainha, o porteiro logo virá. O senhor vai subir ao seu quarto e se deitar. Amanhã às nove horas vou esperá-lo em frente ao hotel e levá-lo diretamente à estação de trem. Não se preocupe com o resto, cuidarei de tudo para que possa voltar para casa. Mas agora vá se deitar, durma bem e não pense em mais nada!'

"Nesse momento, a chave girou na fechadura, pelo lado de dentro, e o porteiro abriu a porta. 'Venha!', disse ele bruscamente, com uma voz dura, decidida, irritada, e senti o ferro dos seus dedos ao redor do meu punho. Levei um susto... Fiquei tão assustada, tão paralisada, atingida como que por um raio, que já não conseguia pensar... Queria me defender, me soltar... mas minha vontade estava como que paralisada... e eu... o senhor vai compreender... eu... senti vergonha, diante do porteiro que se impacientava, de brigar com um estranho. E assim... assim me vi de repente no interior do hotel. Queria falar, dizer alguma coisa, mas minha voz estava presa na garganta... A mão dele apertava o meu braço, pesada e autoritária... senti vagamente que me puxava escada acima... uma chave girou... E de repente eu estava sozinha com aquele homem estranho, num quarto estranho, num hotel qualquer, cujo nome não sei até hoje."

Mrs. C. calou-se de novo e se levantou bruscamente. Sua voz já não parecia lhe obedecer. Ela foi até a janela, olhou para fora em silêncio durante alguns minutos, ou talvez não fizesse mais do que apoiar a testa no vidro frio: não tive coragem de observá-la com atenção, pois era doloroso ver a velha dama presa de suas emoções. Então continuei sentado, mudo, sem fazer perguntas, sem fazer barulho, até que ela voltou, com um passo controlado, e se sentou de novo diante de mim.

— Bem, agora já contei o mais difícil. Espero que o senhor acredite em mim se afirmo mais uma vez, se juro por tudo o que me é sagrado, pela minha honra e por meus filhos, que até aquele momento não me havia ocorrido um pensamento de... de uma união com aquele estranho, que eu havia sido lançada naquela situação sem vontade, sem consciência, como se de repente tivesse despencado por um alçapão do caminho regular da minha existência. Jurei a mim mesma que só haveria de lhe dizer a verdade, e repito uma vez mais que foi somente pela vontade quase exasperada de socorrer aquele homem, e não por algum outro sentimento, por um sentimento pessoal, e portanto sem qualquer desejo e em total inocência, que me vi precipitada naquela aventura trágica.

"O senhor há de me poupar de lhe relatar o que aconteceu naquela noite, naquele quarto; eu própria nunca esqueci e nem quero esquecer nunca um único segundo daquela noite. Pois ao longo dela lutei com um ser humano por sua vida, e repito: foi uma luta de vida ou morte. Senti em cada um dos meus nervos, inequivocamente, que aquele estranho, aquele homem já quase perdido, se apegava uma última vez à vida com todo o ardor e a paixão de alguém que se encontra ameaçado de morte. Agarrava-se a mim como quem já sente o abismo sob seus pés. Mas usei de tudo o que havia em mim para salvá-lo, vali-me de tudo que me fora dado. Uma hora assim só se vive uma vez na vida, e uma experiência assim só acontece a uma pessoa em meio a milhões; e eu não teria suspeitado, sem aquele terrível acaso, com que ardor, com que desespero, com que avidez incontrolável um ser humano perdido suga mais uma vez cada gota rubra da vida. Distanciada durante vinte anos de todas as forças demoníacas da existência, eu jamais teria compreendido a forma grandiosa e fantástica com que a natureza concentra em alguns poucos momentos tudo aquilo que nela existe de calor e frio, vida e morte, prazer e desespero. E aquela noite foi de tal modo plena de luta e palavras, de paixão e cólera e ódio, de lágrimas de súplica e embriaguez, que me pareceu durar mil anos, e nós, aqueles dois seres humanos que cambaleavam, entrelaçados, rumo ao fundo do abismo, um enlouquecido pelo desejo de morte, o outro sem nada compreender, emergimos daquele tumulto mortal completamente transformados, diferentes, com outro espírito e outras emoções.

"Mas não quero falar disso. Não posso nem quero descrever o que aconteceu. Devo contudo lhe dizer algumas palavras sobre o momento inacreditável que foi o meu despertar, na manhã seguinte. Acordei de um sono de pedra, do fundo da noite, tal como jamais conhecera. Levei muito tempo até abrir os olhos, e a primeira coisa que vi foi o teto de um quarto estranho acima de mim. Depois, meu olhar tateando um pouco mais, vi um aposento desconhecido e feio, onde eu não sabia como tinha ido parar. De início, tentei me convencer de que ainda era um sonho, um sonho mais nítido e mais transparente ao qual aquele sono tão pesado e confuso conduzira, mas diante das janelas já brilhava a luz clara e inconfundivelmente real do sol, a luz da manhã, lá de baixo vinham os barulhos da rua, com o chacoalhar das carruagens, a sineta do bonde, as vozes das pessoas. E então eu soube que já não sonhava, que estava acordada. Involuntariamente me ergui, para entender o que estava acontecendo, e ali... ao olhar para o lado... ali, eu vi (e jamais conseguirei lhe descrever o meu susto) um estranho dormindo perto de mim, na ampla cama... mas era um estranho, estranho, estranho, um homem seminu e desconhecido... Não, esse terror, não tenho como relatá-lo: desabou sobre mim com tanto ímpeto que caí outra vez na cama, sem forças. Mas não foi um desmaio verdadeiro, daqueles em que não se tem mais consciência de nada. Ao contrário: com a rapidez de um raio, tudo se tornou para mim tão consciente quanto inexplicável, e meu único desejo era morrer de desgosto e vergonha ao me ver assim, de repente, com um completo estranho, na cama estranha de uma espelunca das mais suspeitas. Ainda me lembro com nitidez: meu coração bateu em falso, prendi a respiração como se pudesse assim pôr fim à minha vida e sobretudo à minha consciência, àquela consciência clara, terrivelmente clara, que percebia tudo sem nada compreender.

"Jamais saberei quanto tempo fiquei ali, deitada, o corpo todo gelado; os mortos sem dúvida ficam igualmente rígidos no caixão. Sei apenas que fechei os olhos e rezei a Deus, a qualquer poder celeste, que nada daquilo fosse verdade, que nada daquilo fosse real. Mas meus sentidos aguçados não me permitiam mais ilusão alguma: ouvi vozes no quarto ao lado, água correndo; passos se arrastavam pelo corredor lá fora. Cada um desses sinais atestava implacavelmente como meus sentidos estavam alertas.

"Não sei dizer quanto tempo durou a atroz situação: segundos como aqueles não são a medida da vida normal. Mas de repente assaltou-me um outro temor, um temor imenso e terrível: o de que aquele estranho, de quem eu não sabia sequer o nome, acordasse e falasse comigo. E logo eu soube que para mim só havia uma coisa a fazer: vestir-me e fugir dali antes que ele acordasse. Não ser mais vista por ele, não lhe falar mais. Escapar a tempo, fugir dali, fugir, fugir, voltar a alguma vida que fosse minha, ao meu hotel, e logo no primeiro trem deixar aquele lugar maldito, aquele país, nunca mais encontrar aquele homem, não mais fitá-lo nos olhos, não ter testemunhas, não ter nenhum acusador e nenhum cúmplice. Esse pensamento triunfou sobre a minha inércia: com muita cautela e os movimentos furtivos de um ladrão, afastei-me centímetro por centímetro da cama (para não fazer barulho, sobretudo) e procurei minhas roupas. Vesti-me com enorme cuidado, temendo a cada segundo que ele despertasse, e logo estava pronta, tinha conseguido. Só o meu chapéu estava ainda do outro lado, ao pé da cama, e no momento em que fui apanhá-lo, na ponta dos pés – nesse segundo, *não consegui* fazer diferente: tive que lançar um último olhar ao rosto daquele desconhecido que caíra na minha vida como uma pedra do alto de uma cornija. Queria apenas lançar um rápido olhar, mas... estranho, o jovem desconhecido que dormia ali era *verdadeiramente* um desconhecido para mim: no primeiro momento, nem reconheci o rosto da véspera. Na realidade, os traços tensos e contorcidos pela paixão do homem mortalmente desesperado tinham sumido: aquele deitado ali tinha um outro rosto, infantil, o rosto de um menino, que chegava a *brilhar* de pureza e serenidade. Os lábios, na véspera cerrados e crispados sobre os dentes, agora sonhavam, entreabertos e já como que arredondados num sorriso; os cabelos louros espalhavam seus cachos macios sobre a testa lisa, e em ondas tranquilas a respiração calma ia do peito por sobre o corpo em repouso.

"O senhor talvez se lembre de que lhe disse há pouco jamais ter observado a ganância e a paixão se expressarem de modo tão violento num homem quanto naquele desconhecido diante da mesa de jogo. E agora lhe digo que nunca, nem mesmo nas crianças, que, adormecidas, têm às vezes uma aura de serenidade angelical, vira semelhante expressão de pureza límpida, de sono verdadeiramente *bem-aventurado*. Naquele rosto inscreviam-se todos os sentimentos com uma expressividade única, e eram agora um relaxamento paradisíaco, uma liberação de todo peso interior, uma libertação. Diante dessa surpreendente visão, todo medo e toda ansiedade caíram de mim como um pesado manto negro: eu já não tinha mais vergonha; não, estava quase feliz. Aquele acontecimento terrível e incompreensível tinha de repente um sentido para mim; eu me *alegrava,* sentia-me *orgulhosa* ao pensar que aquele homem, delicado e belo, deitado ali sereno e calmo como uma flor, sem a minha dedicação teria sido encontrado em algum lugar aos pés de um penhasco, o corpo todo quebrado e ensanguentado, o rosto esmagado, sem vida, os olhos vidrados: eu o salvara, ele estava salvo. E agora eu fitava com um olhar *maternal* (não encontro outra palavra) aquele homem adormecido a quem eu devolvera a vida, com mais dor do que quando meus próprios filhos tinham vindo ao mundo. E no meio daquele quarto sujo e gasto, naquele sórdido e repugnante hotel de encontros fui tomada, por mais ridículas que lhe pareçam estas palavras, pela sensação de estar numa igreja, uma sensação abençoada de milagre e santidade. Do momento mais terrível que eu jamais vivera nascia em mim um outro momento, o mais espantoso e esplêndido.

"Será que eu havia feito muito barulho? Falado sem perceber? Não sei. Mas de repente o adormecido abriu os olhos. Assustei-me e recuei. Ele olhou surpreso ao redor, do mesmo modo como eu havia feito antes, e agora ele é que parecia emergir com dificuldade das profundezas e da extrema confusão. Seu olhar percorreu com esforço o quarto estranho e desconhecido, depois se deteve em mim, estupefato. Mas antes mesmo que ele pudesse falar ou recuperar a memória, eu me recobrara. Precisava impedi-lo de falar, de fazer perguntas, impedir qualquer familiaridade; nada do que se passara na véspera e naquela noite devia se repetir, se explicar, se discutir.

"'Preciso ir', eu lhe disse, depressa. 'O senhor fique aqui e se vista. Ao meio-dia vou encontrá-lo na entrada do cassino: ali cuidarei de tudo.' E antes que ele pudesse responder uma única palavra, fugi, só para nunca mais ver aquele quarto, e corri sem me voltar para fora daquele lugar cujo nome eu desconhecia, do mesmo modo como desconhecia o nome do estranho com quem passara ali uma noite."

Mrs. C interrompeu seu relato por um breve instante. Mas toda tensão e todo sofrimento haviam desaparecido de sua voz: como um carro que de início sobe com dificuldade a montanha, mas depois de ter chegado ao topo rola ligeiro encosta abaixo, sua fala agora aliviada tinha asas:
– Corri, então, ao meu hotel pelas ruas tomadas pela claridade matinal, limpas pela tempestade de qualquer peso, assim como se dissipara em mim todo sentimento doloroso. Pois não se esqueça do que eu lhe contei antes: depois da morte do meu marido, eu renunciara por completo à vida. Meus filhos já não precisavam de mim, eu própria não estava interessada em mim, e toda vida que não tem um objetivo é um erro. Então, pela primeira vez e inesperadamente, eu tinha uma tarefa: salvara um homem, resgatara-o de sua destruição, empenhando nisso todas as minhas forças. Só faltava triunfar sobre um pequeno obstáculo para que minha tarefa estivesse cumprida. Corri, então, ao meu hotel: não me importei com o olhar de surpresa com que o porteiro me recebeu ao me ver chegar somente às nove da manhã: eu não sentia mais vergonha nem desgosto diante do que ocorrera, mas minha vontade de viver renascida, uma sensação nova da utilidade da minha existência corria cálida e abundante em minhas veias. No meu quarto, mudei rapidamente de roupa; tirei, sem me dar conta (só mais tarde notei isso), o vestido de luto em troca de um mais claro, fui ao banco tirar dinheiro, corri à estação para me informar sobre os horários de partida dos trens. Com uma determinação que me espantava, tomei mais algumas providências e fiz alguns acertos. Só me restava garantir a viagem e a salvação definitiva daquele homem que o destino me confiara.

"Claro, era preciso ter força para enfrentá-lo pessoalmente. Pois na véspera tudo se passara no escuro, num turbilhão, como quando duas pedras arrastadas por uma torrente batem uma na outra; mal nos havíamos fitado, e eu não tinha nem mesmo certeza de que o estranho ainda me reconheceria. Na véspera, tudo havia sido uma casualidade, uma embriaguez, a loucura demoníaca de dois seres perdidos; hoje era preciso expor-me mais abertamente, pois sob a claridade impiedosa do dia eu era obrigada a lhe mostrar a minha pessoa, o meu rosto, alguém que vive.

"Mas foi tudo mais fácil do que eu havia pensado. Eu me aproximava do cassino na hora marcada quando um jovem saltou de um banco e correu até mim. Havia algo de tão espontâneo, de tão infantil, ingênuo e feliz em sua surpresa quanto em cada um de seus movimentos expressivos: ele correu em minha direção com um brilho de alegria ao mesmo tempo grata e respeitosa nos olhos, e assim que estes sentiram que em sua presença os meus se perturbavam, ele os baixou humildemente. Como é raro encontrar o reconhecimento nas pessoas! Mesmo os mais agradecidos não conseguem se expressar, calam-se, perturbados, sentem vergonha e muitas vezes simulam o constrangimento para ocultar seus sentimentos. Mas ali, naquele ser de quem Deus, como um escultor misterioso, extraía de forma sensível, bela e plástica todos os gestos capazes de expressar os sentimentos, também o gesto do reconhecimento ardia em seu corpo como uma paixão irradiante. Ele se curvou sobre a minha mão, inclinou a linha delicada de sua cabeça de rapazinho com devoção e assim ficou durante um minuto, beijando-me respeitosamente os dedos e mal roçando-os com os lábios ao fazê-lo. Só então recuou, perguntou como eu estava, fitou-me com ternura, e havia tanta decência em cada uma de suas palavras que após alguns minutos eu já não sentia mais a menor inquietude. E, espelhando o brilho daqueles sentimentos, a paisagem reluzia ao nosso redor, apaziguada: o mar, que na véspera inchava de cólera, estava tão calmo, silencioso e límpido que era possível ver de longe as pedrinhas brancas sob as pequenas ondas. O cassino, aquele abismo infernal, era de um branco mourisco contra o céu límpido e adamascado, e o quiosque para baixo do qual a chuva forte nos levara se abrira numa loja de flores: ali se espalhavam, brancos, verdes, vermelhos e multicoloridos, grandes buquês de flores e de botões, vendidos por uma jovem de blusa estampada.

"Eu o convidei para almoçar num pequeno restaurante; ali, o jovem desconhecido me contou a história de sua trágica aventura. Era a confirmação completa de minha primeira impressão, quando vira sobre o forro verde da mesa suas mãos trêmulas e agitadas. Ele descendia de uma família tradicional de nobres da Polônia austríaca, estava destinado à carreira diplomática, estudara em Viena e um mês antes passara no primeiro de seus exames com extraordinário sucesso. Para festejar, seu tio, oficial superior do Estado-Maior em cuja casa ele morava, o levara ao Prater num fiacre, e tinham ido juntos assistir às corridas. O tio teve sorte no jogo e ganhou três vezes seguidas: com um grande maço de notas assim obtidas, eles foram jantar num restaurante elegante. No dia seguinte, o futuro diplomata ganhou de seu pai como recompensa uma soma equivalente à mesada que recebia todos os meses; dois dias antes, essa quantia lhe teria parecido enorme, mas agora, após a facilidade daquele ganho, pareceu-lhe insignificante e mesquinha. Assim, logo após a refeição ele voltou ao hipódromo, apostou apaixonada e ferozmente, e quis a sorte (ou, antes, o azar) que deixasse o Prater após a última corrida com o triplo do dinheiro. Então o frenesi do jogo tomou conta dele, tanto no hipódromo quanto em cafés e clubes, consumindo seu tempo, seus estudos, seus nervos e sobretudo seus recursos. Ele não conseguia mais pensar, dormir em paz e menos ainda se controlar; uma vez, à noite, regressando do clube onde havia perdido tudo, ele encontrou ao se despir uma nota amassada esquecida no fundo de seu colete. Não conseguiu se conter: tornou a se vestir e andou a esmo até encontrar num café jogadores de dominó, com os quais ficou até o raiar do dia. Certa vez sua irmã casada ajudou-o, saldando as dívidas que ele contraíra junto a agiotas zelosos em dar crédito ao herdeiro de um sobrenome importante. Por algum tempo a sorte ainda esteve do seu lado, mas logo começou o declínio contínuo, e quanto mais ele perdia, mais seus compromissos não honrados e sua palavra dada e não mantida exigiam que ele tivesse ganhos significativos para se redimir. Fazia tempo que ele empenhara seu relógio, suas roupas, e por fim aconteceu algo terrível: ele roubou do armário de sua velha tia dois grandes pingentes que ela raramente usava. Empenhou um deles por uma soma alta, que na mesma noite foi quadruplicada pelo jogo. Mas em vez de ir embora arriscou tudo e perdeu. No momento de sua viagem o roubo ainda não fora descoberto, então ele empenhou o segundo pingente e, obedecendo a um súbito palpite, tomou o trem para Monte Carlo, a fim de ganhar na roleta a fortuna sonhada. Já vendera sua mala, suas roupas, seu guarda-chuva; nada lhe restava além do revólver com quatro balas e uma pequena cruz ornada de pedras preciosas, presente de sua madrinha, a princesa de X, da qual ele não queria se separar. Mas de tarde já vendera também essa cruz por cinquenta francos, unicamente para poder, naquela mesma noite, experimentar uma última vez o prazer intenso de uma aposta de vida ou morte.

"Ele me contou tudo isso com a graça cativante de sua natureza criativa. E eu escutava, comovida, abalada, fascinada; mas em momento algum me ocorreu que deveria indignar-me com o fato de que aquele homem sentado à minha mesa era, afinal de contas, um ladrão. Se na véspera alguém tivesse chegado a insinuar que eu, uma mulher de passado irrepreensível e que exigia de suas companhias uma dignidade estrita e convencional, estaria um dia sentada com toda a familiaridade junto a um rapaz totalmente desconhecido, pouco mais velho do que meu filho, e que roubara pérolas, eu o teria considerado louco. Mas em nenhum momento seu relato me causou horror. Ele contava tudo com tanta naturalidade e paixão que seu ato mais parecia o efeito de um estado febril, de uma doença, do que um crime. E além disso, para alguém que como eu havia, na noite precedente, vivido algo tão inesperado e impetuoso, a palavra "impossível" perdera de imediato o sentido. Eu aprendera inconcebivelmente mais sobre a realidade naquelas dez horas do que em quarenta anos de vida burguesa.

"Mas uma outra coisa me assustava naquela confissão: o brilho febril de seus olhos, o vibrar elétrico de todos os músculos de seu rosto enquanto ele evocava sua paixão pelo jogo. Falar disso era suficiente para excitá-lo, e com terrível clareza seu rosto expressivo traduzia o prazer e a dor daquela tensão. Involuntariamente, suas mãos, aquelas admiráveis mãos nervosas e estreitas, transformavam-se de novo, como na mesa de jogo, em animais de rapina, seres furiosos e arredios: enquanto ele falava, eu as via tremer de repente nas articulações, curvar-se vivamente e se crispar num punho, depois se distender e mais uma vez se entrelaçar. E no momento em que ele confessava o roubo dos pingentes, elas mimetizaram, saltando velozes como um raio (o que me fez recuar, involuntariamente), o gesto do ladrão: pude *ver,* de fato, os dedos se lançarem enlouquecidos sobre as joias, engolindo-as apressadas no côncavo da mão. E reconheci, com um terror indizível, que aquele homem fora envenenado até a última gota de sangue por sua paixão.

"A única coisa em seu relato que me abalava e aterrorizava ao extremo era essa servidão de um jovem sereno e despreocupado por natureza a uma paixão insensata. Assim, considerei meu dever absoluto persuadir amigavelmente meu inesperado protegido a ir embora o quanto antes de Monte Carlo, onde a tentação era mais perigosa; naquele mesmo dia ele devia partir ao encontro de sua família, antes que o desaparecimento das pérolas fosse notado e seu futuro, prejudicado para sempre. Prometi-lhe dinheiro para a viagem e para que recuperasse as joias, mas com a condição de que ele embarcasse naquele mesmo dia e me jurasse pela sua honra que não tocaria mais numa carta nem participaria de nenhum jogo de azar.

"Jamais esquecerei o reconhecimento apaixonado, de início humilde, depois pouco a pouco radioso, com que aquele desconhecido, aquele homem perdido, me escutava, o modo como ele *bebia* as minhas palavras enquanto eu prometia ajudá-lo; e de súbito ele estendeu as duas mãos sobre a mesa e segurou as minhas com um gesto inesquecível de adoração e de promessa sagrada. Em seus olhos claros, em geral um pouco inquietos, havia lágrimas, e todo seu corpo tremia nervosamente, numa excitação feliz. Quantas vezes já tentei descrever a expressividade excepcional de sua fisionomia e de todos os seus gestos, mas *aquela* expressão não tenho como retratar, pois era de uma beatitude tão extasiada e sobrenatural que quase não se vê num rosto humano, comparável apenas à sombra pálida do rosto de um anjo que acreditamos ver ao despertar de um sonho.

"Por que não dizer? Não resisti àquele olhar. A gratidão nos deixa felizes porque é tão rara; a ternura faz bem, e para mim, alguém tão fria e comedida, tal exaltação era algo novo e delicioso, que me alegrava. Além disso, assim como aquele homem abalado e alquebrado, também a paisagem despertara como que por magia, após a chuva da véspera. Quando saímos do restaurante, o mar calmo brilhava magnífico, azul até encontrar o céu, onde um outro azul, mais ao alto, só era quebrado pelo branco das gaivotas que planavam. O senhor conhece a paisagem da Riviera. É sempre bela, mas um pouco insípida, feito um cartão-postal que apresenta languidamente ao olho suas cores ricas – uma beleza sonolenta e preguiçosa que com indiferença se deixa tocar por todos os olhares, quase oriental em sua entrega. Mas às vezes, muito raramente, há dias em que sua beleza se exalta, em que se impõe, em que faz gritar com energia suas cores vivas, exuberantemente intensas, em que atira vitoriosa sobre nós os matizes de inúmeras flores, em que brilha e arde de sensualidade. E era um dia desses, cheio de entusiasmo, o que se sucedera então ao caos da noite de tempestade; as ruas recém-lavadas reluziam, o céu estava turquesa e em toda parte rebrilhavam os arbustos, tais chamas coloridas, em meio ao verde exuberante e úmido. As montanhas pareciam de repente mais claras e mais próximas, no ar limpo e banhado de sol: aproximavam-se curiosas da cidadezinha lustrosa e polida; a cada olhar sentíamos o convite provocante e o encorajamento da natureza, que conquistavam nosso coração contra nossa vontade: 'Vamos tomar uma carruagem', falei, 'e seguir ao longo da Corniche.'

"Ele concordou, entusiasmado: pela primeira vez desde sua chegada aquele rapaz parecia ver a paisagem, reparar nela. Até então, só conhecera o salão sufocante do cassino, com seu cheiro opressivo de suor, o tumulto das pessoas feias e seus rostos distorcidos, e um mar taciturno, cinzento e ruidoso. Mas agora se abria diante de nós o vasto leque da praia ensolarada, e o olhar percorria feliz a distância. Seguíamos por esse trajeto magnífico numa vagarosa carruagem (ainda não existiam, naquela época, automóveis), passando por inúmeras *villas* e vistas: cem vezes, diante de cada casa, de cada *villa* sombreada em meio ao verde dos pinheiros, era-se tomado por um desejo secreto: como seria bom viver ali, sossegado, contente, isolado do mundo!

"Será que alguma vez fui mais feliz na minha vida do que no curso daquela hora? Não sei. Ao meu lado, na carruagem, estava sentado aquele jovem, na véspera preso à fatalidade e à morte, e agora maravilhado com os raios claros do sol que o banhavam: ele parecia ter rejuvenescido muitos anos. Parecia ter voltado a ser um menino, uma linda criança brincalhona, de olhos ávidos e ao mesmo tempo respeitosos, cujo maior encanto era sua gentileza sempre alerta: se a subida se tornava muito íngreme e os cavalos tinham dificuldade em puxar a carruagem, ele saltava agilmente e ia empurrá-la. Se eu mencionava uma flor ou indicava alguma ao longo do caminho, ele ia depressa colhê-la. Apanhou uma rãzinha que, atraída pela chuva da véspera, se arrastava laboriosamente pelo caminho, e a levou com cuidado até o capim verde, para que não fosse esmagada pelas carruagens que passavam. Enquanto isso contava as histórias mais divertidas e graciosas; acredito que no riso houvesse para ele uma espécie de salvação, pois de outro modo seria obrigado a cantar ou saltar ou agir feito um louco, de tal modo sentia-se feliz e embriagado por aquela exaltação repentina.

"Quando, no alto da colina, atravessamos devagar uma pequenina aldeia, ele de repente tirou o chapéu com respeito. Fiquei surpresa: quem estaria cumprimentando, estranho em meio a estranhos? Ele corou levemente diante da minha pergunta e explicou, quase que em desculpas, que tínhamos passado diante de uma igreja, e que em sua Polônia natal, assim como em todos os países estritamente católicos, desde criança era-se educado a tirar o chapéu ao passar diante de cada igreja e santuário. Esse belo respeito às práticas religiosas me comoveu profundamente; lembrei-me da cruz que ele mencionara, e perguntei se acreditava. E quando ele respondeu modestamente, com certo constrangimento, que esperava participar da misericórdia, tive uma ideia: 'Pare', falei ao cocheiro, e desci depressa da carruagem. Ele me seguiu, surpreso: 'Aonde vamos?' 'Venha comigo', foi só o que respondi.

"Voltei, acompanhada por ele, à igreja, um pequeno santuário de tijolos típico do interior. As paredes internas caiadas, cinzentas e nuas estavam mergulhadas na penumbra. A porta estava aberta, e um cone de luz amarelada se destacava nítido da escuridão, onde sombras azuladas emolduravam os contornos de um pequenino altar. Duas velas nos fitavam com um olhar embaçado, na penumbra impregnada de um perfume cálido de incenso. Entramos. Ele tirou o chapéu, mergulhou a mão na pia de purificadora água benta, fez o sinal da cruz e dobrou o joelho. Mal havia se levantado e eu lhe segurei o braço: 'Venha', disse, energicamente, 'vá até um altar ou a qualquer uma das imagens aqui que lhe seja sagrada e repita a promessa que vou lhe ditar.' Ele me fitou surpreso, quase assustado. Mas logo compreendeu e se aproximou de um nicho, fez o sinal da cruz e se ajoelhou com docilidade. 'Repita comigo', falei, tremendo eu própria de emoção, 'repita comigo: Juro...' 'Juro', ele repetiu; então continuei: '...que nunca mais participarei de um jogo a dinheiro, seja do tipo que for, e nunca mais exporei minha vida e minha honra a essa paixão.' Ele repetiu, trêmulo: as palavras ressoaram com força e clareza no vazio absoluto daquele lugar. Seguiu-se então um momento de silêncio, tão perfeito que era possível ouvir lá fora o leve farfalhar das árvores agitadas pelo vento. E de súbito ele se prostrou como um penitente e pronunciou, com um êxtase que eu nunca ouvira, palavras que não compreendi, em polonês, rápidas e sem interrupção. Mas devia ser uma oração extática, uma oração de graças e contrição, pois essa confissão intempestiva o levava a baixar a cabeça humildemente sobre o apoio do genuflexório; com crescente paixão repetiam-se os sons estrangeiros, com crescente veemência e fervor ele repetia com ímpeto uma mesma palavra. Nunca antes ou depois ouvi alguém rezar assim em nenhuma igreja do mundo. Suas mãos se crispavam sobre o genuflexório de madeira, e todo seu corpo era sacudido por um vendaval interior que às vezes o erguia bruscamente e às vezes fazia com que voltasse a se prostrar. Ele já não via ou ouvia coisa alguma: tudo nele parecia se passar num outro mundo, num purgatório de transformação ou numa ascensão a uma esfera mais elevada. Por fim ele se levantou devagar, fez mais uma vez o sinal da cruz e se virou com dificuldade. Seus joelhos tremiam e seu rosto estava pálido como o de alguém esgotado. Mas quando me fitou seus olhos brilharam, um sorriso puro e verdadeiramente *devoto* iluminou-lhe o semblante arrebatado; ele se aproximou, fez uma mesura profunda, à maneira dos russos, segurou minhas mãos e tocou-as respeitosamente com os lábios: 'Foi Deus quem enviou a senhora a mim. Acabo de agradecer a Ele por isso.' Eu não sabia o que dizer. Mas desejei que o órgão se elevasse e começasse a tocar por sobre os bancos, pois sentia que fora bem-sucedida: salvara aquela pessoa para sempre.

"Saímos da igreja e regressamos à luz radiante que jorrava naquele dia típico de maio: jamais o mundo me parecera tão bonito. Por duas horas seguimos ainda devagar, de carruagem, pela crista das colinas, no caminho panorâmico que a cada curva nos oferecia uma nova vista. Mas não dissemos mais nada. Após aquela efusão de sentimento, todas as palavras pareciam insuficientes. E quando por acaso meu olhar esbarrava no dele, eu me sentia obrigada a desviá-lo, confusa: testemunhar meu próprio milagre era para mim uma emoção grande demais.

"Por volta das cinco horas da tarde regressamos a Monte Carlo. Eu tinha, em seguida, um encontro com parentes que já não podia desmarcar. E, para dizer a verdade, desejava profundamente uma pausa, uma descontração após aquela violenta exaltação dos meus sentimentos. Pois era felicidade em demasia. Eu sentia que precisava descansar daquele estado de êxtase e ardor excessivos, tais como eu nunca experimentara na vida. Então, pedi ao meu protegido que viesse comigo ao meu hotel, por um breve instante; no meu quarto, dei-lhe o dinheiro necessário para a viagem e para recuperar as joias. Combinamos que durante o meu compromisso ele compraria sua passagem; mais tarde, às sete da noite, íamos nos encontrar no saguão da estação, cerca de meia hora antes da partida do trem que, passando por Gênova, haveria de levá-lo de volta para casa. Quando eu quis lhe entregar as cinco notas de dinheiro, seus lábios ganharam uma palidez singular: 'Não... não me dê... dinheiro... peço-lhe, não me dê dinheiro!', ele disse entre os dentes, enquanto seus dedos trêmulos recuavam, nervosos e agitados. 'Dinheiro não... dinheiro não... não posso ver isso!', repetiu como se estivesse fisicamente dominado pelo temor e pela repugnância. Mas tranquilizei-o dizendo que era só um empréstimo, e que se ele se sentisse incomodado bastava me dar um recibo. 'Sim... sim... um recibo', ele murmurou, desviando o rosto; amassou as notas ao colocá-las no bolso sem olhar, como se fossem algo grudento e pudessem sujar seus dedos, e escreveu rapidamente algumas palavras numa folha de papel. Quando ergueu os olhos, o suor brotava-lhe da testa: algo parecia roê-lo por dentro; mal me entregou, nervoso, a folha de papel, foi tomado por um intenso tremor, e de súbito – automaticamente recuei, assustada – caiu de joelhos e beijou a barra do meu vestido. Gesto indescritível: sua veemência sem-par fez com que meu corpo inteiro estremecesse. Um estranho calafrio me percorreu, fiquei perturbada e só consegui balbuciar: 'Agradeço-lhe ser tão reconhecido. Mas lhe peço, agora vá! Hoje à noite vamos nos ver para as despedidas, às sete horas, no saguão da estação de trem.'

"Ele me fitou, um brilho de emoção umedecendo-lhe os olhos; por um momento tive a impressão de que queria me dizer algo, por um momento ele pareceu tentar se aproximar de mim. Mas em seguida se inclinou mais uma vez, profundamente, e saiu do quarto."

MRS. C. INTERROMPEU DE NOVO seu relato. Levantara-se e fora até a janela; olhava lá para fora e ficou de pé durante muito tempo, imóvel: eu via um leve tremor na silhueta de suas costas. De repente ela se virou, determinada. Suas mãos, até então calmas e indiferentes, fizeram de súbito um gesto violento, como se quisesse rasgar alguma coisa. Depois ela me fitou com dureza, quase com audácia, e recomeçou num arranco:

– Eu lhe prometi que seria totalmente sincera. E me dou conta de como era necessária essa promessa. Pois só agora, quando tento pela primeira vez descrever de forma ordenada tudo o que se passou naquele momento e busco palavras precisas para explicar um sentimento que era, então, confuso, só agora compreendo com clareza muitas coisas que não sabia ou talvez apenas não quisesse saber. É por isso que quero dizer a verdade, a mim mesma e ao senhor, com energia e resolução: naquele momento, quando o jovem deixou o meu quarto e me vi sozinha, senti (foi como um desmaio que se precipitou sobre mim) um golpe no coração. Algo me ferira mortalmente, mas eu não sabia, ou me recusava a saber, como a atitude ao mesmo tempo tão terna e no entanto respeitosa de meu protegido me atingira de forma tão dolorosa. Mas agora, quando me esforço para extrair de dentro de mim mesma, ordenada e energicamente, o passado como se fosse algo estranho, e quando a sua presença não tolera a menor dissimulação, o menor covarde ocultamento de um sentimento vergonhoso, agora sei com clareza: o que me causou tanto sofrimento naquela hora foi a decepção... a decepção por... aquele homem ter ido embora de maneira tão dócil... sem qualquer tentativa de me segurar, de ficar comigo... por ter obedecido humilde e respeitosamente meu primeiro pedido convidando-o a se retirar, em vez... em vez de tentar me puxar para si... por me venerar apenas como uma santa que aparecera em seu caminho... e por não... por não me ver como uma mulher.

"Isso foi para mim uma decepção... uma decepção que não confessei a mim mesma, nem então nem mais tarde, mas o sentimento de uma mulher sabe tudo, sem palavras e sem consciência. Pois... agora não me iludo mais: se aquele homem tivesse me abraçado, se tivesse me pedido que fosse com ele, eu o teria seguido até o fim do mundo, teria desonrado o meu nome e o dos meus filhos... indiferente às fofocas das pessoas e ao meu próprio bom senso, teria fugido com ele, como aquela madame Henriette com o jovem francês que na véspera ela ainda não conhecia... não teria perguntado para onde, nem por quanto tempo, não teria olhado uma só vez para trás, para a minha vida passada... teria sacrificado por aquele homem meu dinheiro, meu nome, minha fortuna, minha honra... teria mendigado, e não há provavelmente baixeza neste mundo que não estaria disposta a cometer. Tudo aquilo a que chamamos pudor e reserva entre as pessoas eu teria jogado fora se ele tivesse se aproximado de mim, dito uma palavra ou dado um único passo, se tivesse tentado me tomar em seus braços, tão perdida estava eu naquele momento. Porém... eu já lhe disse... aquele homem singular não lançou mais nenhum olhar para mim, para a mulher que eu era... e só senti o quanto eu ardia de vontade de me entregar inteira quando a paixão que um instante antes ainda exaltava seu rosto iluminado e quase seráfico desabou outra vez na escuridão do meu ser e no vazio do meu peito abandonado. Recompus-me com esforço; a perspectiva do meu compromisso era agora duplamente desagradável. Era como se sobre minha fronte houvesse um capacete de ferro pesado e opressivo, sob cujo peso eu cambaleava: meus pensamentos estavam tão desordenados quanto meus passos quando me dirigi por fim ao outro hotel, ao encontro dos meus parentes. Lá, sentei-me entediada no meio de uma animada conversa, e me assustava cada vez que por acaso erguia os olhos e me deparava com aqueles rostos inexpressivos; pareciam-me gélidos ou cobertos por máscaras, se comparados àquele outro, animado como que por sombras e luzes num jogo de nuvens. Tão completamente sem vida era aquele grupo que eu tinha a impressão de estar entre mortos. Enquanto colocava açúcar em minha xícara e, ausente, conversava com eles, surgia incessantemente em mim, como que trazido pelo movimento do meu sangue, aquele rosto cuja contemplação se tornara para mim uma alegria ardente e que (pensamento terrível!) dentro de uma ou duas horas veria pela última vez. Devo ter dado um leve suspiro ou gemido, contra minha vontade, pois de repente a prima de meu marido se inclinou para perto de mim indagando o que eu tinha, se não me sentia bem, pois estava pálida e com uma expressão preocupada. Vali-me dessa pergunta inesperada para declarar que de fato sofria com uma enxaqueca, e pedi permissão para me retirar discretamente.

"Devolvida assim a mim mesma, corri ao meu hotel. Mal chegando, sozinha, mais uma vez experimentei a sensação de vazio e abandono, e no meio disso o desejo pelo rapaz que teria de deixar para sempre naquele dia. Andava de um lado a outro pelo quarto, abria as gavetas sem motivo, mudava de roupa e escolhia outras fitas, parava diante do espelho e me perguntava se assim vestida não atrairia o olhar dele. De repente, compreendi o que se passava comigo: tudo, menos deixá-lo! E num arrebatado segundo esse desejo se tornou resolução. Corri em busca do porteiro do hotel, anunciando-lhe que partiria naquele mesmo dia, no trem noturno. Agora era preciso agir rápido: toquei a campainha e chamei a camareira para que me ajudasse a arrumar as malas – o tempo urgia; e enquanto metíamos com pressa e da melhor maneira possível roupas e pequenos objetos nas malas, eu imaginava a surpresa: como iria acompanhá-lo até o trem, e no último momento, o derradeiro, quando ele me estendesse a mão em despedida, eu subiria no vagão, para ficar com ele naquela noite, na noite seguinte e enquanto ele me quisesse. Uma espécie de embriaguez alegre e entusiasmada corria no meu sangue; às vezes eu ria alto, enquanto jogava meus vestidos dentro das malas, para grande estranhamento da camareira: minhas emoções, eu podia perceber, estavam em desordem. Quando o carregador veio pegar minha bagagem, fitei-o primeiro com um ar de surpresa: era difícil demais pensar em coisas objetivas, tal a intensidade com que a exaltação tomara conta de mim.

"O tempo urgia, já deviam ser quase sete horas, e restavam na melhor das hipóteses vinte minutos até a partida do trem; consolava-me contudo o fato de que minha chegada não seria uma despedida, já que estava decidida a acompanhá-lo em sua viagem, pelo tempo e até onde ele me permitisse. O mensageiro pegou minhas malas e corri à recepção do hotel para encerrar minha conta. O gerente me entregou o troco e eu já estava prestes a sair quando senti a mão de alguém tocar de leve meu ombro. Tive um sobressalto. Era minha prima, que, preocupada com meu falso mal-estar, viera me ver. Meus olhos escureceram. Eu não sabia o que fazer com ela, e cada segundo que demorava significava um atraso fatal. A educação me obrigava, contudo, a falar com ela e lhe responder, pelo menos durante alguns instantes. 'Você deve ir se deitar', ela insistiu, 'com certeza está com febre.' E era mesmo possível que estivesse, pois o sangue latejava com violência em minhas têmporas, e por vezes as sombras azuis de um desmaio iminente passavam diante dos meus olhos. Resisti, contudo, e me esforcei para aparentar gratidão, embora cada palavra me queimasse e eu fosse ter adorado afastar com um pontapé aquela solicitude tão inoportuna. Mas a prima indesejavelmente preocupada continuava ali, não ia embora; ofereceu-me água-de-colônia e quis refrescar-me ela mesma as têmporas, enquanto eu contava os minutos, enquanto pensava nele e em como poderia encontrar um pretexto qualquer para escapar àqueles torturantes cuidados. E quanto mais inquieta eu ficava, mais parecia despertar suas suspeitas: foi de forma quase rude que ela por fim quis me obrigar a ir para o quarto me deitar. Então, enquanto ela insistia comigo, olhei de repente para o relógio de pêndulo que ficava no meio do saguão: faltavam dois minutos para as 7h30, e o trem partia às 7h35. Estendi bruscamente a mão à minha prima, com a indiferença brutal de uma desesperada, dizendo:

'Adeus, preciso ir!' Sem me preocupar com seu olhar estupefato e sem me virar, precipitei-me na direção da porta, passando pelos empregados perplexos do hotel, saí para a rua e rumei para a estação de trem. Lá, pela gesticulação nervosa do carregador, que esperava junto à bagagem, compreendi já de longe que estava mais do que na hora. Com um furor cego lancei-me à roleta de entrada, mas o funcionário me deteve: eu me esquecera de comprar a passagem. E enquanto eu tentava, quase com violência, fazer com que ele me deixasse apesar de tudo ir até a plataforma, o trem se pôs em movimento: fitei-o, meu corpo inteiro tremendo, para ver se conseguia enxergar ainda uma vez que fosse, em alguma janela do trem, um aceno, um gesto de despedida. Mas em meio ao empurra-empurra apressado não pude mais distinguir seu rosto. Os vagões rolavam cada vez mais depressa, e ao cabo de um minuto só o que havia diante de meus olhos obscurecidos era uma nuvem de fumaça preta.

"Devo ter ficado como que petrificada ali, sabe Deus por quanto tempo, pois o carregador me dirigira em vão a palavra inúmeras vezes antes de ousar tocar meu braço. Esse gesto fez com que eu me sobressaltasse. Ele deveria levar minha bagagem de volta ao hotel? Precisei de alguns minutos para pensar; não, isso não era possível: depois daquela partida ridícula e precipitada eu não podia nem queria mais voltar, nunca mais. Então, impaciente por ficar sozinha, disse-lhe que colocasse a bagagem no depósito. Foi só em seguida, em meio à multidão que com enorme alarido não cessava de se acumular e depois minguar de novo na estação, que tentei refletir, refletir com clareza, sair daquela opressão dolorosa e atroz de raiva, arrependimento e desespero, pois – por que não admitir? – a ideia de ter perdido por minha culpa aquele último encontro dilacerava-me sem piedade. Eu poderia gritar, tão grande era a dor que me causava aquela lâmina em brasa que penetrava em mim, implacável. Só as pessoas inteiramente estranhas à paixão conhecem, talvez, em momentos excepcionais, essas explosões repentinas de uma paixão semelhante a uma avalanche ou a uma tempestade: anos inteiros desabam então dentro do peito com o ímpeto de forças nunca usadas. Jamais antes ou depois experimentei tamanha surpresa ou tamanha furiosa impotência quanto naquele momento, em que, disposta a cometer uma grande ousadia – disposta a jogar fora de uma vez só toda minha vida poupada, contida e bem organizada –, deparei-me de repente com um muro de absurdos, contra o qual minha paixão se chocava inutilmente.

"O que fiz em seguida só poderia ser uma tolice de igual dimensão; foi uma loucura, uma besteira mesmo, e tenho quase vergonha de contar, mas prometi a mim mesma e ao senhor que não ocultaria nada: bem, eu... voltei a procurar por ele... isto é, procurei por cada momento passado com ele... fui violentamente atraída a todos os lugares onde havíamos estado juntos na véspera, o banco de jardim de onde eu fizera com que se levantasse, o salão de jogos onde o vira pela primeira vez, e mesmo aquela espelunca, simplesmente para reviver uma vez mais, uma vez mais, o que se passara. E no dia seguinte queria percorrer de carruagem o mesmo caminho ao longo da Corniche, a fim de que cada palavra e cada gesto pudesse reviver de novo em mim, tão insensata e infantil era a minha confusão. Mas lembre-se de que aqueles eventos tinham se abatido sobre mim como um raio: eu não sentira mais do que um golpe brusco. Agora, porém, brutalmente arrancada daquele tumulto, eu queria recordar mais uma vez, passo a passo, tudo o que vivera, graças a essa ilusão mágica a que chamamos lembrança: com efeito, são coisas que compreendemos ou que não compreendemos. Talvez seja preciso ter o coração ardendo para entender.

"Assim, fui primeiro ao salão de jogos, procurar a mesa onde ele estivera e recordar, entre todas aquelas mãos, as suas. Entrei: sabia que a mesa onde o vira pela primeira vez era a da esquerda, no segundo salão. Via ainda com clareza cada um dos seus gestos: como sonâmbula, de olhos fechados e mãos estendidas, teria encontrado o seu lugar. Entrei, então, e logo atravessei o salão. E ali... enquanto eu contemplava da porta aquela multidão ruidosa... algo singular aconteceu... Ali, exatamente no lugar onde eu o imaginara, encontrava-se sentado (alucinação da febre!)... ele mesmo... Ele... Ele... exatamente como eu acabara de vê-lo na imaginação... exatamente como na véspera, os olhos vidrados fixos na bolinha, pálido como um fantasma... mas era ele... ele... indiscutivelmente, era ele...

"Por pouco não gritei, tamanho foi o meu susto. Mas contive o sobressalto diante daquela visão absurda e fechei os olhos. 'Você enlouqueceu... está sonhando... está com febre', disse a mim mesma. 'É impossível, você está tendo uma alucinação... ele partiu faz meia hora.' Só então voltei a abrir os olhos. Mas que terrível: ele estava ali sentado exatamente como antes, em carne e osso, era inegável... eu teria reconhecido aquelas mãos entre milhões de outras... não, eu não sonhava, era mesmo ele. Não partira, como me havia jurado que faria; o tolo ficara e levara até aquela mesa verde o dinheiro que eu lhe dera para voltar para casa. Perdido em sua paixão, viera apostá-lo ali enquanto meu coração se despedaçava por ele.

"Num ímpeto, aproximei-me: a raiva toldava-me os olhos, uma raiva cega e rubra, um desejo de pular no pescoço daquele perjuro que traíra de forma tão vergonhosa minha confiança, meus sentimentos e minha dedicação. Mas ainda me contive. Com lentidão deliberada (que esforço isso me custou!) aproximei-me da mesa, bem à sua frente; um cavalheiro abriu gentilmente espaço. Dois metros de tecido verde me separavam dele, e eu podia, como do alto de um camarote no teatro, observar seu rosto, o mesmo rosto que duas horas antes vira radiante de gratidão, iluminado pela aura da graça divina, e que agora voltava a se contorcer no fogo infernal do vício. As mãos, aquelas mãos que à tarde eu vira agarrar a madeira do genuflexório no mais sagrado dos juramentos, agora se crispavam de novo no dinheiro, como garras de vampiro. Pois ele ganhara, e devia ter sido uma soma muito, muito alta: diante dele brilhava um monte desordenado de fichas, luíses de ouro e cédulas, uma confusão na qual seus dedos, nervosos e trêmulos, se estendiam e se banhavam. Eu os vi pegar e dobrar com carinho as cédulas, apalpar amorosamente as moedas e em seguida, com brusquidão, agarrar um punhado e jogar num dos quadrados. E logo suas narinas começaram a fremir de novo; o chamado do crupiê atraiu seus olhos brilhantes de cobiça, que se ergueram da pilha de dinheiro para seguir o movimento rápido da bolinha, e ele foi como que arrancado de si mesmo, enquanto seus cotovelos pareciam pregados na mesa verde. Aquela possessão era ainda mais terrível e assustadora do que na noite anterior, pois cada um dos seus movimentos matava dentro de mim a imagem brilhante, como que pintada sobre um fundo dourado, que eu trazia, crédula, dentro de mim.

"Assim respirávamos os dois, a dois metros de distância um do outro; eu o fitava sem que ele notasse a minha presença. Ele não erguia os olhos, nem para mim nem para ninguém; seu olhar só se dirigia ao dinheiro e vacilava inquieto com a bola que rolava: todos os seus sentidos estavam encerrados naquele frenético círculo verde, e disparavam de lá para cá. O mundo inteiro, a humanidade inteira se concentravam, para aquele jogador viciado, naquele quadrado de pano. E eu sabia que poderia ficar ali durante horas a fio sem que ele se desse conta da minha presença.

"Mas não pude mais suportar: tomando uma decisão repentina, contornei a mesa, parei atrás dele e coloquei bruscamente a mão em seu ombro. Seu olhar vacilou – por um segundo ele me fitou com olhos vidrados, como um bêbado que alguém sacode para acordar, e cujo olhar ainda está toldado por vapores cinzentos e sonolentos. Em seguida ele pareceu me reconhecer; sua boca se abriu, trêmula, e ele me fitou com um ar feliz e balbuciou em voz baixa, com uma familiaridade confusa e enigmática: 'Tudo está indo bem... soube de imediato ao entrar e ver que ele estava aqui... soube de imediato...' Não entendi o que dizia. Notei apenas que o jogo o embriagara, que aquele insensato esquecera tudo, seu juramento, seu compromisso, a mim e ao mundo. Mas mesmo naquele estado de possessão, seu êxtase era tão sedutor que me submeti involuntariamente às suas palavras e perguntei, consternada, de quem ele estava falando.

"'Do velho general russo de um braço só que está ali', murmurou colando-se a mim para que ninguém escutasse aquele segredo mágico. 'Ali, aquele de suíças brancas e um lacaio às costas. Ele sempre ganha, ontem eu já havia notado. Deve ter um sistema, e eu aposto sempre o mesmo que ele... Ontem ele ganhou todas as vezes, mas eu cometi o erro de continuar jogando depois que ele foi embora... foi o meu erro... ele deve ter ganhado vinte mil francos ontem... e hoje também ganhou a cada lance... agora aposto sempre o mesmo que ele... agora...'

"Em meio à sua frase ele se interrompeu bruscamente, pois o crupiê exclamava o seu rouco *"Faites votre jeu!"*. E seu olhar retornou vacilante ao lugar onde o russo de barbas brancas se sentava, grave e indiferente, e colocava, ponderado, primeiro uma moeda de ouro e depois, hesitante, uma segunda, no quarto campo. Imediatamente as mãos ardentes à minha frente apanharam na pilha um punhado de moedas de ouro e as jogaram no mesmo lugar. E quando, um minuto depois, o crupiê gritou *"Zéro!"* e varreu num único gesto de seu rodo a mesa inteira, ele ficou olhando todo aquele dinheiro que sumia, como se estivesse vendo algo assombroso. O senhor poderia pensar que ele se virou para mim em seguida: não, ele me esquecera por completo, eu desaparecera, fora perdida, apagada de sua existência. Todos os seus sentidos tensos estavam fixos no general russo, que, completamente indiferente, tinha na mão duas outras moedas de ouro, ainda indeciso quanto ao número onde ia colocá-las.

"Não saberia lhe descrever minha amargura, meu desespero. Mas o senhor pode imaginar o que senti: para alguém a quem havia entregado minha vida, eu não passava de uma mosca, que se enxota casualmente com a mão. Mais uma vez assaltou-me aquela onda de raiva. Segurei seu braço com tanta força que ele teve um sobressalto.

"'Levante-se agora mesmo!', murmurei baixinho mas autoritária. 'Lembre-se da promessa que fez hoje na igreja, seu perjuro miserável!' Ele me fitou, abalado e muito pálido. Seus olhos assumiram de repente a expressão de um cachorro que levara uma surra. Seus lábios tremiam. Ele pareceu se lembrar subitamente de todo o passado e ser dominado por uma espécie de horror a si mesmo.

"'Sim... sim...', gaguejou. 'Ah, meu Deus, meu Deus... Sim... eu já vou, perdoe-me...' Sua mão já recolhia todo o dinheiro, primeiro depressa, com gestos largos e enérgicos, mas em seguida cada vez mais devagar, como se contido por uma força contrária. Seu olhar regressara ao general russo, que estava fazendo sua aposta.

"'Só mais um momento...', ele disse, jogando depressa três moedas de ouro no mesmo campo. 'Só mais esta rodada... Juro que depois vou embora... Só mais esta rodada... só mais...' E de novo sua voz sumiu. A bolinha voltara a rolar, levando-o com seu movimento. Mais uma vez o possuído escapara de mim, escapara de si mesmo, arrastado no torvelinho da calha lisa onde a bolinha minúscula girava e saltava. Outra vez o crupiê gritou um número, outra vez o rodo levou embora suas cinco moedas de ouro: ele perdera. Mas não se virou. Esquecera-se de mim, assim como de seu juramento, assim como da palavra que me dera um minuto antes. Sua mão ávida já mergulhava na pilha de dinheiro que diminuía, e somente o ímã da sua vontade à sua frente, aquele que haveria de lhe trazer sorte, atraía seu olhar embriagado.

"Minha paciência se esgotara. Voltei a sacudi-lo, dessa vez com violência: 'Levante-se imediatamente! Agora mesmo!... Disse que seria só mais uma rodada...' Então aconteceu algo inesperado. Ele se virou de repente. O rosto que me fitava não era mais humilde e confuso, mas furioso, um feixe de raiva com olhos ardentes e lábios trêmulos de ira. 'Deixe-me em paz!', vociferou. 'Vá embora! A senhora me dá azar. Todas as vezes que está aqui, eu perco. Foi assim ontem, e hoje novamente. Vá embora!'

"Por um instante, fiquei petrificada. Mas em seguida minha raiva também foi desencadeada, diante de sua loucura. 'Eu lhe dou azar?', retruquei. 'Mentiroso, ladrão, o senhor que me havia jurado...' Mas não continuei, pois o possesso saltou de seu lugar e me empurrou para trás, indiferente ao tumulto que se formava. 'Deixe-me em paz', gritou a plenos pulmões. 'Não estou sob sua tutela... tome... tome... tome aqui o seu dinheiro', e atirou sobre mim algumas notas de cem francos. 'Mas agora me deixe em paz!'

"Ele gritara alto, como um louco, sem se importar com a presença de centenas de pessoas ao redor. Todos olhavam, cochichavam, apontavam, riam, e até da sala vizinha vinha gente ver. Era como se me arrancassem as roupas e eu estivesse nua diante de todos aqueles curiosos... *"Silence, madame, s'il vous plaît!"*, disse alto e de forma autoritária o crupiê, batendo com o rodo na mesa. Eram a mim que se dirigiam as palavras daquele medíocre personagem. Humilhada, coberta de vergonha, ali estava eu, exposta à curiosidade daquelas pessoas que murmuravam e cochichavam como se eu fosse uma prostituta a quem acabavam de dar dinheiro. Duzentos, trezentos olhos insolentes fitavam meu rosto, e então... quando eu me afastava, encolhida de humilhação e vergonha, desviando o rosto, deparei-me com dois olhos igualmente tomados pela surpresa – era minha prima, fitando-me chocada, boquiaberta, a mão erguida de susto.

"Foi como um golpe: antes que ela pudesse se mexer, recuperar-se da surpresa, saí correndo da sala; tive ainda força suficiente para chegar ao banco, o mesmo banco onde na véspera aquele possesso desabara. E tão sem forças, tão exaurida e arruinada quanto ele, deixei-me cair sobre a madeira dura e impiedosa...

"Passaram-se 24 anos desde então, e mesmo assim, quando penso naquele momento, fustigada por seus insultos, sob os olhos de mil desconhecidos, meu sangue congela nas veias. E volto a sentir, assustada, que substância fraca, miserável e covarde deve ser essa a que chamamos, com grandiloquência, alma, espírito, sentimento, a que chamamos dor, já que tudo isso, até mesmo em seu mais alto paroxismo, é incapaz de destruir completamente o corpo que sofre, a carne torturada; pois apesar de tudo sobrevivemos a esses momentos com o sangue que continua correndo em nossas veias, em vez de morrer e tombar como uma árvore abatida por um raio. A dor só me dilacerou por um instante, fazendo-me desabar sobre o banco, sem ar, embotada e com o gosto quase prazeroso da morte que julgava necessária. Mas, como acabo de dizer, toda dor é covarde e recua diante da força do desejo de viver, ancorado mais fortemente em nossa carne do que a paixão pela morte em nosso espírito. Eu mesma não consigo entender, depois de ter de tal modo esmagados os meus sentimentos: mas me levantei, naturalmente sem saber o que fazer. De repente me lembrei de que minhas malas estavam na estação, e logo me ocorreu: partir, partir, partir, simplesmente partir, ir para longe daquele inferno maldito. Corri para a estação sem me importar com ninguém e perguntei quando saía o próximo trem para Paris. Às dez horas, disse-me o funcionário, e imediatamente despachei minha bagagem. Às dez: então haviam se passado exatamente 24 horas desde aquele encontro medonho, 24 horas de tal modo tomadas por súbitas mudanças de sentimentos absurdos que meu mundo interior tinha sido destruído para sempre. Mas no começo eu só sentia uma única palavra naquele ritmo que martelava e pulsava: partir! partir! partir! O latejar das minhas têmporas era como uma cunha batendo:

partir! partir! partir! Para longe daquela cidade, para longe de mim mesma, voltar para casa, reencontrar minha gente, minha vida de antes! Viajei a noite toda até Paris, e lá chegando fui de uma estação a outra até Boulogne, e de lá a Dover, de Dover a Londres e de Londres ao encontro do meu filho – tudo isso com uma rapidez de voo, sem refletir, sem pensar em nada, durante 48 horas, sem dormir, sem falar, sem comer; 48 horas durante as quais as rodas só faziam repetir uma palavra: partir! partir! partir! Quando por fim, sem ser esperada por ninguém, cheguei à casa de campo do meu filho, todos se assustaram: havia com certeza algo no meu jeito, no meu olhar, que me traía. Meu filho quis me abraçar e me beijar. Eu recuei: era insuportável para mim a ideia de que ele tocaria lábios que eu considerava sujos. Esquivei-me a qualquer pergunta, pedi apenas um banho, pois era disso que precisava, limpar de meu corpo, junto com a sujeira da viagem, tudo o que pudesse ainda haver ali da paixão por aquele possuído, por aquele homem indigno, que parecia grudada em mim. Depois me arrastei ao meu quarto no andar de cima e dormi por doze, catorze horas, com um sono de pedra, um sono embotado, como nunca tive antes nem depois, um sono que me mostrou como deve ser estar deitada num caixão, morta. Minha família cuidava de mim como se eu estivesse doente, mas seu carinho só me fazia mal. Eu sentia vergonha da sua reverência, do seu respeito, e precisava me controlar para não gritar de repente que os traíra, esquecera, por pouco não abandonara, por uma paixão louca e absurda.

"Em seguida, fui então a esmo para um vilarejo francês onde ninguém me conhecia, pois perseguia-me a obsessão de que todos poderiam notar ao primeiro olhar minha vergonha e minha transformação, de tal modo eu me sentia traída e suja até o mais profundo da alma. Às vezes, ao acordar em minha cama pela manhã, eu tinha um terrível medo de abrir os olhos. Assaltava-me bruscamente a lembrança daquela noite em que acordara de repente ao lado daquele homem seminu e desconhecido, e então, assim como na primeira vez, eu só tinha um único desejo: o de morrer imediatamente.

"Mas o tempo, afinal, é muito poderoso, e a idade tem um estranho poder sobre todos os sentimentos. Notamos que estamos mais próximos da morte; sua sombra cai, negra, sobre nosso caminho; as coisas parecem menos nítidas, já não penetram tão fundo e perdem muito de seu caráter ameaçador. Aos poucos, recuperei-me do trauma, e quando muitos anos depois encontrei em uma reunião o adido da legação austríaca, um jovem polonês, perguntei-lhe sobre sua família e ele me respondeu que o filho de um primo havia se suicidado dez anos antes com um tiro, em Monte Carlo; nem cheguei a me abalar. Isso já quase não me causava dor alguma: talvez (por que negar o egoísmo?) até me fizesse bem, pois assim desaparecia todo perigo de voltar a encontrá-lo um dia: já não havia contra mim qualquer outra testemunha além da minha própria lembrança. Daí em diante, fiquei mais calma. Envelhecer, no fundo, é apenas deixar de temer o passado.

"E agora o senhor também há de entender por que de súbito decidi falar-lhe da minha própria sina. Quando o senhor defendeu madame Henriette e sustentou apaixonadamente que 24 horas podiam mudar por completo o destino de uma mulher, senti como se estivesse falando de mim: fiquei agradecida, pois pela primeira vez me sentia como que autorizada. E pensei: talvez libertando minha alma através da confissão, o pesado fardo da obsessão pelo passado desapareça. Talvez amanhã possa voltar àquele salão onde encontrei meu destino sem sentir ódio nem dele, nem de mim. A pedra que pesa sobre minha alma será erguida, caindo com todo seu peso sobre o meu passado e impedindo-o de ressurgir uma vez mais. Ter podido lhe contar tudo isso me fez bem: sinto-me agora aliviada e quase alegre... sou-lhe grata por isso."

DIANTE DESSAS PALAVRAS, ela se levantou de súbito, e vi que terminara. Com certo constrangimento, procurei dizer qualquer coisa. Mas ela sem dúvida notou minha emoção e não me deixou falar:

– Não, por favor não diga nada... Não quero que o senhor me responda, nem que fale nada... Agradeço-lhe ter me escutado, e faça uma boa viagem.

Ela estava parada diante de mim e me estendia a mão, despedindo-se. Involuntariamente fitei-lhe o rosto, e me pareceu tão comovente o rosto daquela senhora idosa ali diante de mim, afável e ao mesmo tempo ligeiramente envergonhada. Seria um reflexo da paixão extinta? Seria a confusão, que de súbito fazia o rubor subir por sua face até os cabelos brancos? Mas ali estava ela como uma jovenzinha, perturbada pela lembrança e envergonhada por sua confissão. Involuntariamente comovido, eu queria lhe demonstrar minha reverência com alguma palavra. Então me curvei e beijei respeitosamente sua mão engelhada, que tremia de leve, como uma folha de outono.

24 horas à beira de um vulcão

Quando, em 1926, Freud recebeu sua recente coletânea com três novelas, escreveu a Zweig circunstanciada carta, generosa e surpreendente. Não fosse tão modesto e discreto com relação a si mesmo, o destinatário teria saltado de contentamento: "Duas delas são obras-primas..." Referia-se a *24 horas na vida de uma mulher* e *Confusão de sentimentos*.*

Na primeira, Freud encantou-se com a maestria de Zweig em disfarçar uma rigorosa avaliação psicanalítica dentro de um relato literário "impecável". Compara-o favoravelmente a Dostoiévski, que considera "um neurótico perverso" preocupado apenas em liberar suas tensões interiores à custa de maltratar o leitor. "O senhor é um observador benevolente e afetuoso que luta para compreender o que é inquietantemente excessivo. O senhor não é violento."

Aquelas 24 horas nas redondezas do cassino de Monte Carlo constituem um admirável estudo sobre as tentações demoníacas do jogo e, principalmente, sobre os impulsos femininos que Freud designou como "imprevisíveis" e Zweig exibiu como naturais.

Com dois narradores (o escritor e a inglesa mrs. C.), mais uma pivô, sra. Henriette, a novela é puro cinema, pronta para ser roteirizada e filmada. Não é por acaso que entre 1931 e 1968 gerou sete versões cinematográficas, com estrelas como Daniele Derrieux, Merle Oberon e novamente Ingrid Bergman (que já protagonizara *Medo*).**

---

* Freud já havia lido *24 horas na vida de uma mulher* um ano antes, quando foi reproduzida pelo *Neue Freie Presse*, de Viena, o jornal preferido de Zweig para testar seus ensaios e novelas e de Freud para inteirar-se do que acontecia no mundo da cultura. Tal como acontecera com *Carta de uma desconhecida*, publicada na íntegra na edição especial do Ano-Novo de 1922, *24 horas*... saiu na alentada edição natalina de 1925.
** Outras adaptações: em 1931, com direção de Robert Land (nascido Liebmann, Morávia, 1887-1942); duas versões com elencos e idiomas diferentes (alemão e francês); e em 1944, na Argentina, com direção de Carlos Borcosque. A adaptação estrelando Merle Oberon, inglesa, de 1952, foi dirigida por Victor Saville e teve como título *Affair in Monte Carlo*.

Celebração da liberação, desarrumação e desordem, uma das histórias mais perturbadoras do artista burguês e bem-comportado.

Créditos dos textos

Medo (p.11-68)

Título original: *Angst* (1913)
Traduzido por Raquel Abi-Sâmara a partir de *Angst*. Frankfurt am Main, Fischer Taschenbuch, 1991.

Carta de uma desconhecida (p.71-108)

Título original: *Brief einer Unbekannten* (1922)
Traduzido por Adriana Lisboa a partir de *Brief einer Unbekannten*. Frankfurt am Main, Fischer Taschenbuch, 1996.

24 horas na vida de uma mulher (p.113-70)

Título original: *Vierundzwanzig Stunden im Leben einer Frau* (1927)
Traduzido por Adriana Lisboa a partir de *Vierundzwanzig Stunden aus dem Leben einer Frau*. Frankfurt am Main, S. Fischer, 1983.

1ª EDIÇÃO [2014] 1 reimpressão

ESTA OBRA FOI COMPOSTA POR MARI TABOADA EM DANTE PRO E IMPRESSA EM OFSETE PELA GEOGRÁFICA SOBRE PAPEL PÓLEN SOFT DA SUZANO S.A. PARA A EDITORA SCHWARCZ EM JUNHO DE 2021.

A marca FSC® é a garantia de que a madeira utilizada na fabricação do papel deste livro provém de florestas que foram gerenciadas de maneira ambientalmente correta, socialmente justa e economicamente viável, além de outras fontes de origem controlada.